U0036158

魔豆

魔豆

除魔派對
番外
除魔運勢上上籤
醉琉璃——著
夜風——插畫

目錄

楔子 07
第一章 11
第二章 33
第三章 55
第四章 73

第五章 99
第六章 127
第七章 143
第八章 165
第九章 187
第十章 205
第十一章 227
尾聲 243
作者後記／醉琉璃 250

除魔派對
人設
毛絨絨
毛茅&黑琅

白烏亞

高甜

楔子

昏暗小房間內，電腦螢幕的冷光照亮了少女的側臉，將本就如凝雪般的肌膚刷上了一層亮白。

黑髮少女握著滑鼠，烏黑的眼珠盯著螢幕上的網站畫面。

這是個風格詭異的網站，大片漆黑與鮮紅交錯的色彩像水霧般晃動，頁面彷彿散發著濃濃的不祥，還能見到某句話在霧氣間浮現。

魔鏡啊魔鏡，誰是世界上最有勇氣的人？

隨著字體和水霧淡去，網站的全貌也躍現出來，正中央是一面歪曲的大鏡子，鏡面裡隱隱有著一抹女性人影。

鏡子下，則是一排大大的字。

你有勇氣接受魔鏡女孩的挑戰嗎？

鼠標在螢幕上遊晃了幾圈，最後點按上中央的鏡子，網頁頓時跳轉至下一頁。

與首頁風格差不多，這一頁也是以紅黑作爲底色，佔去最大區塊的是一個公布欄。

少女看也不看那一行行的字，直接把網頁向下一拉，目光鎖定了新上傳的影片。

鼠標再次點擊，靜止的影片隨即播放。

畫面搖搖晃晃，看得出是有人拿著手機拍攝，還能聽見情緒高昂的聲響。

「現在，我們被選上的挑戰者要來執行魔鏡女孩的指令了！」

從影片來看，這似乎是某間教室的角落，幾名學生圍聚在一塊，稚氣未脫的臉龐上寫滿興奮與激動。

鏡頭很快對準其中一名男孩，顯然他就是拍攝者口中說的挑戰者。

「咳咳。」高壯的男孩清了清喉嚨，「那我要來進行挑戰了，我要一口氣喝掉四杯五百C.C.的黑咖啡，還有三瓶提神飲料……不曉得提神飲料是什麼味道，我以前沒喝過，希望別太難喝。」

「加油、加油！」

「記得要一口氣全喝光啊，否則就不算挑戰成功了。」

「知道啊，你們好煩啊。」

高壯男孩面前的桌子被擺上了四杯超商買的咖啡與三瓶提神飲料，他深吸一口氣，不用吸管，直接打開杯蓋、就著杯口，咕嚕咕嚕地灌起了咖啡。

旁邊人情緒被挑動得更高亢，起鬨聲不斷。

「喝喝喝，快喝！」

「不能停喔！啊，流出來了……幫他擦一下啦。」

「哈哈，我看他的臉色變得好難看，肯定很難喝！」

「等等，讓我喘一下……哈……」

「不行啦，要一口氣，做不到就太遜了！」

「就是說啊，只是喝飲料而已耶，這種挑戰很簡單吧？魔鏡女孩對你眞好。」

「魔鏡女孩給你的挑戰是什麼？」

「煩耶，妳一定是故意問的吧，明明知道我沒被選上……我也想成爲挑戰者啊，只要完成全部指令，聽說就有超棒的獎品耶！」

「欸欸欸，要好好拍啊，人家快喝完了。」

晃動的鏡頭趕緊再次對準已喝到最後一瓶提神飲料的挑戰者身上。

高壯男孩的脖子都浮起青筋了，似乎喝下這飲料對他來說有如酷刑，下一秒他將玻璃瓶重重往桌上一放。

旁邊響起如雷的掌聲和歡呼聲。

「挑戰成功，太棒啦！快回報、快回報，叫魔鏡女孩再發新指令過來！」

高壯男孩沒有馬上回答，他緊緊摀著嘴巴，臉色發青，隨後跌跌撞撞地衝出了教室。

「喂！喂！你要去哪啊？」

「去……去吐啦！」氣急敗壞的聲音從外頭傳來，「難喝到爆炸啊！」

留在教室裡的幾人愣了愣，繼而爆出哄堂大笑，連負責拿手機拍攝的那人也笑得手抖個不停，讓畫面晃得更厲害。

最後鏡頭帶到的畫面是掛在桌邊的書包，「櫻草國中」四個字一閃而過。

影片到這裡結束。

黑髮少女伸手拿過擺在旁邊的鮮紅蘋果，送到嘴邊咬了一大口。

清脆聲響甫落下，接著響起的是一聲不屑的冷笑。

第一章

戰戰兢兢，如履薄冰。

毛絨絨覺得這無疑就是他最近的寫照，或許還可以再加上一句淒淒慘慘。

嗚嗚，是眞的很淒慘的啊……想到這幾天的遭遇，毛絨絨不由得悲從中來。淚珠從他豆子似的眼睛湧出，下一秒就會像雨點般砸墜在地。

不過毛絨絨覺得自己還是應該要當一隻勇敢的鳥。他用翅膀尖抹去了淚水，正準備抬頭挺胸地下樓去，背後冷不防傳來一股推力。

於是還在樓梯上的毛絨絨就一邊「啊啊啊啊啊」地滾了下去，一邊隱約聽到再熟悉不過的聲音——

「朕的路是你能擋的嗎？朕難得心情好，就免費送你一程吧。」

不，陛下……你其實是想送我直達地獄吧啊啊啊啊！

在自己淒厲的慘叫聲中，毛絨絨終於從樓梯口滾到了樓梯底，撞到一個堅硬物體，反彈滾了一圈才總算停住。

滾得七葷八素的毛絨絨只覺得整個世界都在搖晃，眼前盡是飛舞的星星。好不容易視野恢復清明後，第一眼看到的就是一雙類似軍靴的墨綠長靴，鞋面還閃著冷硬的光澤。

毛絨絨咕嘟一聲吞下了唾液，慢慢仰高他的圓腦袋。

然後他看到了這些天來令他戰戰兢兢、如履薄冰，還要再加上淒淒慘慘的原凶……

這個家眞正的一家之主。

傳說中的凌霄先生。

凌霄身形筆挺高大，恍如一把出鞘利劍矗立原地。一頭深橘色、讓人想到凌霄花的長髮隨意綁著，金黃色的眼此刻正瞬也不瞬地看著在他鞋尖前的雪球鳥。

這男人的頭髮、眼睛明明是令人覺得溫暖的顏色，可他天生彷彿自帶源源不絕的冷氣。

即使那雙眼睛只是沉默地盯著自己，毛絨絨依舊能從裡面讀出再明晃晃不過的意思——

你已經是隻成熟的儲備糧了，該自動自發把自己炸好，然後讓我兒子吃掉。

不能怪毛絨絨覺得自己的生活陷入了水深火熱當中，自從凌霄前日冷不防地歸來之後，對方每天第一眼看到他，都是擺出這副眼神。

讓毛絨絨壓力大得都快掉毛了。

嗚嗚，以爲陛下已經夠可怕了，萬萬沒想到……毛茅的養父根本就是魔鬼啊！

凌霄的眉宇不甚明顯地擰起，似乎是不明白，他都明示得那麼清楚了，怎麼地板上的這隻肥鳥還不趕緊照著他的意思做？

「嘖，你們一人一鳥深情對望的畫面，真是讓朕看了渾身難受。」黑琅從樓梯上跳了下來，順便把毛絨絨往旁一踢，任憑那顆白毛球骨碌骨碌地往旁邊滾。

「這麼久沒見，大毛你的妄想症還是沒治好。」凌霄說。

「叫朕黑琅，大毛是你這區區凌霄可以叫的嗎？啊？」黑琅不爽地用肉墊拍著地面，尾巴也跟著啪啪啪地甩動起來，「你沒事到底回來幹嘛？朕把毛茅養得好好的，壓根用不著你再回來，路痴就滾回人生的十字路口上繼續迷路吧。」

「是我把毛茅養得好好的。」凌霄居高臨下地俯視家中的大胖黑貓。

黑琅鄙視，「放屁，這幾年不在家的是誰啊？要不是有朕在，毛茅早就變成小可憐了。」

「我就算沒回來，但我的心一直跟毛茅同在，更何況我還有讓紫頭髮的那兩個小子幫忙盯梢。如果不是這樣，毛茅早就被你這隻蠢貓養壞了。只會吃罐罐跟看《冥王星寶寶》的貓還是閉嘴別說話了。」凌霄的語氣平穩沒有起伏，但吐出的每一字都像迅疾的子彈。

滾到角落去的毛絨絨驚恐地用兩隻翅膀抱緊自己，感覺可怕的硝煙之氣從凌霄和黑琅所在之處滾滾撲面而來。

簡直像是下一秒，那一人一貓就會掀起一場小規模的世界大戰。

按下戰爭停止按鈕的，是這個家「眞正的」一家之主。

「爸爸、大毛，你們倆堵在樓梯前是在做什麼啊……」頂著一頭亂髮的毛茅打著呵欠，緩

緩地從樓梯上走下來，「你們終於發現彼此是對方的眞愛，打算打破人獸藩籬在一起了嗎？身爲兒子、身爲主人，我一定會獻上祝福的……」

毛絨絨不確定毛茅是不是因爲剛睡醒，還沒完全清醒的關係，才會眼花覺得橘髮男人和大胖黑貓之間躍動的是愛的火花。

不不，毛茅你還是再看清楚一點，那分明就是戰爭之火啊！

毛絨絨的心聲沒人聽到。

凌霄與黑琅則是壓下了差點扭曲的表情，朝對方投予了嫌惡的一眼，接著不約而同地別過臉，無聲地「呸」了一聲。

毛茅才不管自己養父和寵物的心理活動，他揉揉眼睛，揉去眼底的最後一抹睡意，「今天是誰負責煮早餐的？我很肯定不是我。」

剛剛還相看兩相厭的凌霄和黑琅，瞬間竟是默契十足地轉頭盯住了某個方向。

猛然見著兩雙眼睛直勾勾地盯著自己，毛絨絨嚇了一跳。

「哎哎？今天是我嗎？但我怎麼不記得……」毛絨絨越說越小聲，因爲他霍然意識到，凌霄與陛下會看向自己，並不是因爲他是今天負責煮早餐的人。

他們是用看早餐的眼神在看著自己！

毛絨絨花容失色地用翅膀尖捧著臉，那神情和名畫「孟克的吶喊」格外相似。

「別鬧。」毛茅這句話是對著凌霄和黑琅說的，「毛絨絨那麼小，不夠我們三個吃的。」

「嚶嚶嚶，毛茅我愛你……但我還是不想被你吃得連骨頭也不剩啊……」毛絨絨抹著淚水。

「想太多啦，毛絨絨。如果眞的要吃，我肯定會留下骨頭的。」毛茅笑容爽朗。

毛絨絨哭聲哽住，這話讓他很難再接下去。

「好啦，眞的別想太多。」毛茅一揮手，結束了每天早晨幾乎都會上演的小鬧劇，「還不到必要時刻，儲備糧食是不會派上用場的。所以今天是誰負責煮？」

「眞拿你沒辦法，朕就大展身手……」黑琅身上白光一閃，黑貓形影消失，取而代之的是一名比凌霄稍矮一些的黑髮褐膚男人。

只是黑琅得意縱容的表情才剛掛上臉，隨即就垮了下來。

凌霄早在他變身當下，就二話不說地挽起袖子，大步踏進廚房裡，要爲兒子製作一份充滿濃濃愛意的早餐。

「凌霄！」黑琅憤怒地咆哮。

「如果你想自願爲毛茅加菜，我就讓你進來。」凌霄在廚房裡說。

黑琅「噌」地亮起引以爲傲的爪子——要是沒把凌霄那張可恨的臉抓花，他就不叫黑琅！

「大毛。」毛茅的一聲叫喚就把黑琅的腳步拉了回來，「要看《冥王星寶寶》嗎？今天早上有臨時特別短篇喔。」

見到毛茅坐在沙發上，還拍了拍自己的大腿，黑琅高傲地哼了一聲，從人形再變回貓形。他特別倨傲地踩著步子，來到了毛茅的大腿上，把自己安頓在上頭。

少了凌霄在客廳，毛絨絨總算鬆了一口氣，全身羽毛也不再深感威脅地反射性蓬炸起。他飛至毛茅手邊，發出大大的吐氣聲，感覺今天自己又成功地劫後餘生了一回。

「我爸爸有那麼嚇人嗎？」毛茅拿起遙控器，打開電視。

毛絨絨瘋狂用力點頭。才不只嚇人，根本是超級嚇人的好不好？

簡單一點比喻，凌霄就是冷峻度和凌厲度都更勝海冬青數倍的男人。

而毛絨絨平時看到海冬青就忍不住腿軟，現在看到凌霄則是想直接跪下。

這話說出來似乎有點太丟鳥的面子了，毛絨絨咳了一聲，轉移話題，「毛茅，凌霄先生和陛下好像相處得……」

見黑琅看起來正專注在節目上，無視他的存在，毛絨絨大著膽子說，「……不是很好。」

「唔，應該說很差吧。」毛茅毫不在意地說，「哈哈放心啦，他們從以前就這樣，每天都想著怎麼把對方幹掉呢，當然他們也只敢想而已。」

裝作身心都投入在《冥王星寶寶》中的黑琅倏地抖了一下，想起了以前的慘痛教訓。

在毛茅年幼、廚藝還沒練起來時，他做出來的飯菜幾乎都是一團漆黑，只要自己跟凌霄一想動手，就得被逼著連吃三天的黑炭料理。

偏偏他們誰也不敢違逆那張可愛的笑臉，倘若那可愛的笑容一垮下，他們就感覺像做了什麼十惡不赦的事一樣。

「毛茅眞厲害啊！」毛絨絨眼裡寫滿崇拜，黑豆子似的眼睛閃閃發亮，像跌入許多小星星。

「那還用說嗎，朕的鏟屎官本來就厲害。」黑琅睨了一眼過來。就算至今難以忘懷黑色料理的茶毒，但要誇讚自家鏟屎官，他怎可以落人後……不，是落鳥後，「你這傻鳥到現在都還沒確切體認到嗎？看樣子腦袋對你來說果然是個奢侈品，朕就不該苛求一隻鳥是有帶腦的。」

「我我我……」毛絨絨極力擺出超凶的姿態，要爲自己爭一口氣，「我怎麼可能沒帶腦？我那麼聰明！而且嚴格說起來，我是一本書才對！」

這點毛絨絨倒是沒說錯。

雖然他展現出來的型態總是雪球鳥或白髮少年這兩種，但他眞正的身分其實是榴華分部當年用來封印特殊結晶的不可碰之書。

「沒錯，我可是書呢！」一想起自己的身分，毛絨絨的胸就更挺了，腦袋也揚得高高的，「書是知識的來源，這不就表示我不只有腦子，還是超級聰明嗎？」

「呵呵。」黑琅不屑地打破他的幻想，「一本裡面什麼都沒有的書嗎？蠢貨，你只是個空收藏盒而已。這表示什麼？這只能表示你的腦子空空如也，連腦漿也沒有。」

毛絨絨僵住身體，感覺兩隻小短腳像中了無數支箭，戳得他想當場跪下。

「陛下居然故意戳鳥傷口……好過分、太過分了……」毛絨絨沒跪下，只是轉頭迅速朝毛茅擠出眼淚，剛剛的超凶姿態轉眼變成了弱小可憐又無助，「毛茅，求安慰、求抱抱……」

「別吵我看電視，乖啊。」毛茅一手按住了黑琅的腦袋，另一手抓握住了毛絨絨，強制扼壓這場紛爭，「誰再吵，我就把他送進廚房。」

——然後凌霄就會二話不說地把送進廚房來的那隻，再送進他的鍋子裡。

一貓一鳥安靜了，緊接著換另一陣聲音打破客廳裡的平靜。

凌霄隨手擱在桌上的手機正發出劇烈響動。

「爸爸，你的手機響了！」毛茅喊了一聲，又瞄了一眼手機螢幕上的來電顯示，「是櫻草分部的……呃，路人甲？」

「櫻草分部，那是哪裡？也是除穢者協會的分部嗎？路人甲？所以那個人姓路，叫人甲嗎？好奇怪的名字呀。」毛絨絨的問題一個接一個丟出。

「唔，我覺得他應該不叫路人甲，只是爸爸把人家的名字故意設定成這樣。」毛茅摸著下巴。

「依照凌霄的個性，肯定還有一排櫻草分部的路人乙丙丁戊己之類的。」黑琅認識凌霄那麼多年，非常有自信自己的說法就是正確答案。

「幫我接一下。」凌霄的聲音從廚房飄了出來。

毛茅剛接通電話，還沒開口，手機裡就劈里啪啦地傳來一陣哀號，聲音大得彷彿像按下了擴音鍵。

「凌霄前輩！凌霄大大！拜託你快點回來啊！說好的寄放個兩天就會帶走呢？現在都第三天了啊啊啊啊——你知道她這幾天破壞了我們分部多少東西嗎？我們櫻草本來就窮了，經不起這種折騰啊！」

「不好意思，打個岔啊……」毛茅說，「我爸爸現在在忙呢，爸爸是把什麼東西忘在你們那了嗎？」

手機另一端驟然陷入死寂，下一剎那爆出了更高分貝的叫聲。

「爸、爸爸⁉難道說你就是那個……凌霄前輩每天不炫耀、不稱讚，否則他就會死的那個兒子嗎？」

凌霄大步流星地走過來，面色冷漠，長臂一伸，抄起了放在桌面上的手機。

「你嚇到我兒子了。」凌霄的這幾個字聽起來更像是「你可以準備去死了」。

「凌霄前輩！謝天謝地你終於接我電話了！」櫻草分部的路人甲聽起來像是快痛哭流涕了，「你是忘記你女兒的存在了嗎？求求你快來把她帶走吧！我們分部全體會由衷感謝你，絕對不會忘記每天早晚爲你上三炷香的！」

「香給你自己上吧，我連假就過去。」凌霄乾脆俐落地甩出話，手指直接摁斷了通訊，他一抬頭就對上三雙緊盯自己不放的眼睛。

「爸爸，如果我剛沒聽錯的話……」毛茅的語氣有點恍惚，「我是不是聽到了『女兒』兩個字？」

「你什麼時候偷生的？」黑琅勃然大怒，「毛絨絨，去給我搬個檯燈過來，朕要拷問凌霄這個老王八蛋！」

「啊好……不對，不好啊！」毛絨絨說什麼都不想錯過這場大戲，他決定忍痛做點犧牲，「不然我……我提供一根羽毛，陛下你拿它去搔凌霄先生的腳心怎樣？」

「不好。」黑琅毫不猶豫地拒絕這個提議，「一根哪夠？給朕拔一大把下來才行。」

「噫！」毛絨絨嚇得聲音都拔尖了。一大把？那他不就得成爲一隻禿毛鳥了？「陛、陛下，不然兩根……您看怎樣？」

毛茅不理會一貓一鳥的討價還價，炯炯有神的金眸鎖定凌霄，「爸爸，我只有一個問題想問你。」

「櫻草分部的路人甲究竟是誰？」毛絨絨馬上放棄和黑琅的爭論，火速搶先提問，「凌霄先生請告訴我吧，看在我是你寶貝兒子最寶貝的儲……儲備糧食的份上！」

爲了爭取到凌霄的答覆，毛絨絨在這一刻放棄了做鳥的尊嚴，毅然將自己擺在了儲備糧食這個位子上。

「櫻草分部的部長。」

「部長？他是部長？那凌霄先生你居然還把人備註成路人甲？」

「誰管他是甲還是乙，那個女兒是怎麼回事？快給朕說清楚！你到底是什麼時候瞞著毛茅偷生的？你想給朕的鏟屎官找後媽，也要看朕答不答應！」

「迷路時順手收養的。」

「朕要是信你就有鬼了，還不快給朕從實……唔唔唔唔！」

「大毛你好吵喔。」毛茅強行摀上黑琅嘴巴，眉眼彎成弦月狀，笑意在他的眸底盪漾開，「爸爸，我的問題很簡單，妹妹她……」

喜歡吃洋芋片嗎？

毛茅還沒將話說完，沒被摀住嘴巴的毛絨絨倏然天外飛來一筆。

「她的胸平嗎？」

只有嘴巴被摀住，四肢還是自由的黑琅抬起他的貓爪爪，冷酷無情地把一顆雪大福拍扁成一灘雪餅。

喵的，就知道這隻蠢鳥是個變態。

□

突然得知自己有個妹妹，毛茅倒是沒什麼特別想法，頂多是感慨一下，怎不是個姊姊呢？最好是成熟漂亮還有大胸部的美麗姊姊。

要是再大個自己十五歲就更好啦。

對於自己同學的妄想，林靜靜連白眼都懶得翻了，「如果真的大上你十五歲，那你爸帶回來的就不是你妹，估計是你媽了。所以你妹妹是長怎樣？可愛嗎？像你還是像你爸？」

「靜靜，醒醒。既然沒有血緣關係，怎麼可能像我或像我爸爸。」毛茅打開他的洋芋片，來學校就是要趁著下課時間好好地吃零食。

當然，上課吃更加別有風味。

林靜靜哀號一聲，「你能不能別在早自習的時候，在我這個副班長面前光明正大地偷吃東西？」

「錯，既然是光明正大了，那就不算偷吃。」毛茅笑得狡黠，「要來一片嗎？糖醋魚口味的唷。」

一邊感歎洋芋片的口味真是越來越層出不窮，林靜靜一邊暫時拋棄了副班長的責任心，接過毛茅的賄賂。

「那你妹妹叫什麼名字啊？姓凌還是姓毛？」

「根據爸爸說的，那位新妹妹叫作金盞。」

「金盞花的那個金盞嗎？」

「對，現在好像是九歲多吧，黑頭髮黑眼睛。」

「沒有更詳細一點的描述嗎？」

「有啊。爸爸還說，妹妹有兩個眼睛，一個鼻子和一個嘴巴。因爲一時沒辦法接受自己有個哥哥，才會鬧脾氣不肯過來榴岩市。」

這描述可眞是夠「清楚」了……林靜靜不禁在心裡吐槽，誰不是兩個眼睛一個鼻子和一個嘴巴。

「你爸對你的描述該不會也是這樣的吧？例如我兒子是紫頭髮金眼睛，兩個眼睛巴啦巴啦之類的……」

「嗯，爸爸都誇我可愛、很可愛、超可愛，類似這樣的話。」

啊，充分體會到那位凌霄爸爸對兒子的愛了。

「毛茅，你有你妹妹的照片嗎？」

「可惜沒有呢。」

「那可眞是太可惜了。」眼見問不出更多有關新妹妹的八卦，林靜靜話鋒一轉，「對了，毛茅，你有聽過『魔鏡女孩的挑戰』這個遊戲嗎？」

魔鏡女孩的挑戰？毛茅在腦海裡搜尋了一圈，確定沒有任何相關印象後，他搖了搖頭。

林靜靜除了喜歡收集八卦外，同樣也喜歡與自己的朋友分享八卦。她眼睛驟亮，興高采烈地爲毛茅解釋起什麼叫魔鏡女孩的挑戰。

礙於現在還是早自習時間，林靜靜的聲音壓得極低。

「不知道是由誰發起的，網路上出現了一個叫作『魔鏡女孩的挑戰』的網站，要挑戰者私訊給他們，他們會給挑戰者LINE的帳號，要對方加進朋友名單裡。如果被魔鏡女孩選上，剛開始會先發一些圖片過來，然後就會不定時地收到魔鏡女孩的指令。聽說只要全部完成，魔鏡女孩就會給予物質上的獎勵，達成挑戰者的願望。」

「如果說我想要一座洋芋片工廠的話也可以嗎？」

「噗咳咳咳……你是想讓魔鏡女孩破產啊？洋芋片工廠肯定是給不起的，但洋芋片絕對沒問題，不過前提也是被魔鏡女孩選上。」

「挑選制度呀……也就是沒人可以確定自己會不會入選？」

「對啊。」林靜靜以氣聲說，「怎樣？這個遊戲聽起來有沒有很刺激？我堂妹說她身旁的同學都在玩，不玩就顯得很遜。」

「聽起來……」毛茅認真地下了一個評論，「是個笨蛋才會想去玩的遊戲呢。」

林靜靜表情僵住。

毛茅敏銳地察覺到不對勁，「靜靜，妳該不會……」

「嗚呃呃呃，拜託不要用看笨蛋的眼神看我……」林靜靜摀著臉，自暴自棄地說，「我就是那個笨蛋沒錯。」

毛茅瞪大了眼睛，稚氣的臉蛋上寫著大大的不贊同，「妳玩了？這種來路不明，聽起來又很瞎的遊戲……妳居然敢去玩？」

「可、可是，假如獎品是一整箱洋芋片的話，毛茅你難道不會想玩一下嗎？」

「假如它一開始就告訴我要去做什麼挑戰，我還可能考慮考慮。例如去打污穢啊，打怪啊，挖結晶啊。」

「這明明就是同一件事吧，不要想趁機誤導我了。而且正常遊戲才不會給出這種生死一瞬間的指令好嗎？」

「正常遊戲也不會裝得神神祕祕，要玩家聽他們的話。」

「呃！」

毛茅的一針見血讓林靜靜登時說不出話了。

林靜靜抹了把臉，把下巴抵在毛茅桌子上，有氣無力地說，「毛茅大人教訓得是，我下次不敢再這麼衝動了……我只是一時忍不住好奇，但是我也沒被選上啦，所以不用擔心。」

「妳是什麼時候玩的？這遊戲有事先說會在幾天內發送指令嗎？」毛茅問道。

「我是上禮拜玩的，有點忘記是禮拜幾了……」林靜靜回想，「這遊戲沒說會在幾天內給出指令，不過我看其他人的留言，好像都是三天內就收到魔鏡女孩的通知。我到現在都沒獲得回應，很明顯就是落選了。不過被你這麼一說，我也覺得沒回應是好事了。」

「很好，再分妳一片洋芋片。」毛茅將洋芋片袋轉向林靜靜的方向，「記得挑小片一點，不能超過三根手指頭的寬度喔。」

「你到底是想不想分給我吃啦……」林靜靜再次見識到毛茅對洋芋片的護食之心了，「算了，你自己吃吧，總覺得我吃下去還會感受到你的怨念之類的。你只要記得之後給我看你那位新妹妹的照片就好，要是能讓我見到本人就更好啦。」

忙著吃洋芋片的毛茅朝林靜靜比出了一個ＯＫ的手勢。

再過兩天就是連假了。

整整一禮拜的長假，讓這個假期也被稱爲「黃金週」。

凌霄說過，到時候他們就會前往櫻草市，讓毛茅和金盞正式見面。

□

連假第一天很快就到來。

同時，這天也是毛茅他們一家要出發到櫻草市的日子。

維持著大胖黑貓形態的黑琅從一大早就臭著一張黑臉，身上的每一根毛都像是在強烈地表達出「朕超級不爽」的氣息。

不過黑琅三百六十五天裡，起碼有三百六十天都是這副模樣，因此毛茅見怪不怪地跨過了那條堵在他房門口的黑色火腿腸。

「毛茅，你是什麼意思？難道沒看到朕就在這裡嗎？」黑琅立刻氣惱地跳起追上。

「看到了、看到了。」毛茅語氣敷衍，「大毛你是想被我踩過去嗎？是的話可以直說。」

「胡說八道，會想做這種事的只有那隻傻白甜蠢鳥。」黑琅眉頭之間像要擰出一個「川」字，「毛茅，你真的要跟凌霄一起到櫻草市？」

「大毛你不想出遠門嗎？」

「朕像是會因爲這種小事就裹足不前嗎？朕可是要征服浩瀚星海的貓！」

「沒問題，改天我會把你扔到海裡去的。」毛茅一向自認是個體貼的主人，「如果不是不想出遠門，那大毛你是擔心什麼嗎？」

「那還用說嗎，朕是擔心你啊！」黑琅恨鐵不成鋼地訓斥起自己的鏟屎官，「莫名其妙多了個妹妹，還是凌霄從路邊撿來的，你難不成就不擔心嗎？萬一那個小屁孩長得醜怎麼辦？朕天天要面對家裡那隻醜鳥，就已經覺得夠傷眼了，朕可不想讓自己的視力再受到任何傷害。」

「我倒是覺得大毛你可以放一百個心。」毛茅說，「爸爸他雖然是個路痴，但他那顆失去方向感的腦袋，還保留著某種程度以上的審美能力。」

換句話說，凌霄就算是路邊隨手撿了一個小孩回家，那個小孩也會是個漂亮的小孩。

黑琅被說服了，一身「朕超級不爽」的氣息頓時也轉變成「朕正在普通地不爽」。

一人一貓才下了樓，就發現客廳裡多了一抹高大身影。

「小青？」毛茅疑惑地打了聲招呼，「你什麼時候來的？」

「琅哥早安。半小時前就來了。」海冬青先對黑琅道了聲早，才轉而回答毛茅的問題，「凌霄叔叔讓我進來的。他先去買早餐，待會就回來，到時候我們就能夠出發了。」

「我們!?」驚惶喊出這一聲的，自然不是毛茅也不是黑琅，而是來自於客廳吊扇底下的一顆白糰子。

心血來潮，決定學著蝙蝠倒吊在上面睡覺的毛絨絨沒想到剛一醒來，就聽見這個晴天霹靂的恐怖消息。

海冬青……要跟他們一起去櫻草市？

一個讓他想跪下的凌霄已經夠可怕了，現在再來一個威勢足以讓他腿軟的海冬青……

不！毛絨絨被嚇得一時忘記抓緊扇片邊緣，當場從上面砸了下來。

那團充滿彈性的軀體在地板上彈撞幾次後，白光霍地閃爍，緊接著一名宛如雪花堆砌的少年慌慌張張地站了起來。

「所以……不是只有我跟毛茅一起相親相愛地去櫻草市嗎？」

「毛絨絨，夢話還是在作夢時說比較好喔。」毛茅繞到廚房裡，為自己倒一杯牛奶，今天他也要為了他的身高而努力。

黑琅這次不譏諷，只採取行動。他一個飛快的跳躍，展現出他黑色閃電的美名，貓肉球「啪啪啪」地就往毛絨絨的臉上來個連打。

打得毛絨絨像個可憐兮兮的小媳婦跪坐在地，淚眼汪汪。

打完收工的黑琅趾高氣揚地來到海冬青身邊，後者馬上恭敬地把他撈抱起，放至自己膝上，開始一下一下地為他順毛。

黑琅舒服地瞇細眼，卻不忘從金眸裡射出利光，刺向毛絨絨，「從夢裡徹底醒過來了沒？朕的小弟跟不跟，聽起來你很有意見嘛。」

「嗚嗚，小的不敢……但是、但是……」毛絨絨抽噎地說，努力垂死掙扎，希望能讓這趟兩人一貓一鳥的旅行保持原樣，「這不是我們家的家族旅行嗎？陛下你可以等下一次，和你的迷弟來個兩人世界啊。」

海冬青的眉梢微微挑動，似乎覺得這是個不錯的主意。

「你膽子挺大的嘛，傻鳥。還管到朕的頭上來了？」

「沒有沒有沒有……我這是關心，是關心陛下啊！」

「所以說，小青是大毛叫過來的嗎？」喝完牛奶的毛茅從廚房裡晃了出來，好奇地問。

就連毛絨絨也是和毛茅同一個看法。

如果不是有人，或者說貓，去通風報信，海冬青怎麼可能有辦法知道他們今天要到櫻草市去呢？

黑琅還沒開口，海冬青就先否認了，「不是，琅哥沒跟我說。」

就連素來沉穩的嗓音裡，似乎都摻帶著一絲委屈。

「不是陛下說的？」毛絨絨大吃一驚，「那還會是誰啊？」

「啊，該不會是……」毛茅腦筋動得快，一個答案轉眼躍上心頭，「爸爸？」

這兩字剛落進空氣中，就像回應毛茅的猜測，玄關傳來了開門聲響，隨後是橘髮男人的身影走了進來。

這邊毛絨絨還在處於納悶之中，不明白凌霄爲何叫來海冬青，另一邊的毛茅與黑琅在瞧見凌霄的一瞬間，所有疑惑卻都迎刃而解。

會讓海冬青過來不是沒有原因的，最主要的一點在於——

凌霄是個路痴。
他需要一個會開車的人。

從榴岩市到櫻草市，雖然可以搭乘大眾運輸工具，但還是比不上自己開車來得方便。

偏偏凌霄有個毛病，他是路痴，他奇差的方向感總會帶領他走上錯誤的道路，就算車上開著導航都救不了他。

因此這個重責大任就落到了已經考到駕照的海冬青身上。

毛絨絨原本還夢想著凌霄開車的話，黑琅就坐副駕駛座，他則是能跟毛茅一起窩在後座了。但海冬青的加入，打破了他的所有期待。

黑琅確實是坐在副駕駛座上沒錯，可是換凌霄坐到後面來了。那雙和毛茅有某種程度上相似的金黃眼睛，今日也依舊靜靜地朝毛絨絨發射著無言的光波。

——都是隻成熟的儲備糧了，怎麼還不趕快把自己烤熟，讓他的兒子吃上一頓美食呢？

沐浴在這樣的目光下，毛絨絨只能瑟瑟發抖地和凌霄保持著最遠的距離，免得成為一隻壓力過大、把毛掉光的可憐鳥。

海冬青的開車技術很好，又快又穩，看不出才剛拿到駕照。

毛絨絨暗地推測，恐怕這和海冬青隔壁坐著黑琅有關。

有偶像在旁邊看，迷弟說什麼都要卯足全力才行。

不得不說，毛絨絨確實猜得沒錯。為了能展現出最好的一面，海冬青連開口與黑琅聊天的餘力都沒有，就怕一個分心，讓這趟旅途出了什麼差錯。

相較於司機的戰戰兢兢，後座乘客倒是一點顧忌也沒有。

既然把開車的任務丟了出去，沒事做的凌霄認為這段車程是非常好的親子相處時間。

他清清喉嚨，神情嚴肅，金黃的眼珠瞬也不瞬地凝望著自己的養子。

「學校有沒有人欺負你？有的話，爸爸去揍他。」

「路上有沒有人欺負你？有的話，爸爸去揍他。」

「有沒有不喜歡的人？有的話，爸爸幫你揍他。」

見到毛茅連搖了三次頭，凌霄還一副失望的表情，像是在遺憾著自己派不上用場。

全程聽完的毛絨絨倒抽一口長長的氣。他錯了，他不該說陛下是怪獸家長……

眞正的怪獸家長明明就在這裡！

在凌霄的指示下，海冬青將車開到了櫻草分部外。

與榴華分部差不多，櫻草分部的外觀也是一棟看起來會令人懷疑是廢墟的水泥大樓。差別大概在於前者是密密麻麻地爬著九重葛，後者則是大片大片的炮杖花。

色澤濃艷的橘紅花朵乍看之下就像一串串鞭炮從綠藤間垂墜下來，讓人疑心這些鞭炮是不是下一秒就會轟地炸開。

在白天看，冷硬又斑剝的灰色外牆和鮮明的炮杖花呈現了強烈的衝突美感。

毛茅從車窗向外看，發現不遠處有人拿著相機或手機對著櫻草分部拍照。

「你們在車上稍等一下。」凌霄打開車門，站在車外打起了手機。

毛絨絨趁著外邊沒人注意他們這裡之際，飛快從鳥形變成了白髮少年。他按下車窗，趴在車門邊，研究著前面的巨大建築物。

過不了多久，櫻草分部裡匆匆跑出了一名男人。

那人高壯魁梧，頭髮剃得很短，灰色的短髮看起來像會扎手；實驗人員穿的白袍被他結實的肌肉撐得鼓起，彷彿隨時會被撐爆開。

「凌霄前輩！」石斛三兩步跑到了車前，宏亮的聲音嚇了在附近拍照的人一跳。

凌霄眉頭立即鎖緊，眼裡的溫度也迅速下降，「小聲一點，你要是嚇到我兒子，我就把你從櫻草分部的頂樓往下扔。」

「哈哈哈，你還是一如以往地凶殘……」石斛乾笑幾聲，目光越過凌霄，往車裡好奇搜索，「哪一個是你的寶貝兒子？還是說這三個都是？不過也沒聽說你一次養那麼多個啊……」

「最可愛又跟我長得特別像的那個才是我兒子，你連基本的審美觀都沒了嗎？一個是鄰居小孩，一個是家裡寵物。」凌霄淡淡地說。

石斛險些被最後一句噎住，複雜的眼神忍不住直往海冬青和毛絨絨身上飄去，似乎在思索哪個才是所謂的家裡寵物。

才幾天不見，凌霄前輩就有這麼詭異的嗜好了嗎？養人類當寵物什麼的……聽起來可真驚悚。

心裡嘀咕歸嘀咕，石斛可不敢將這些話拿出來講，否則凌霄光是一個眼刀子射過來，就足以嚇得人寒毛直豎了。

「爸爸，這位叔叔是？」毛茅好奇地問。

「路人乙。」凌霄說。

有了櫻草分部的路人甲這個前車之鑑，毛茅他們可不認爲這位就眞的姓路，叫人乙。

「爸爸。」毛茅笑咪咪地說，「要像個成熟的大人才行哪。」

石斛瞪大眼睛，以爲自己產生了幻覺。要知道，凌霄這位前輩在他們這些後輩眼中，就是個不聽人說話、脾氣差，還愛擺臭臉的傢伙。

簡單來說，就是超級難相處，幾乎沒人敢用這種口氣對他說話。

但是眼前這個小不點一開口，本來還冷著臉的凌霄瞬時神情鬆動，臉上閃過一絲疑似委屈的情緒。

「他叫石斛，櫻草分部科研室的室長。」凌霄語氣硬邦邦地說。

科研室？毛絨絨吃了一驚，沒想到石斛會是這個身分。比起研究人員，對方看起來更像是在前線衝鋒陷陣的戰鬥人員。

「爸爸，你也要跟石斛叔叔介紹我們才行啊。」毛茅又說。

石斛揉了揉眼，再揉揉眼，確定自己眞的沒眼花也沒聽錯。

天啊，凌霄前輩根本是被他兒子吃得死死的，連反抗都不敢……他剛剛眞應該把這一幕錄下來！

彷彿察覺到石斛的念頭，凌霄一抬眼，冷漠的金瞳看得他心頭發涼。

石斛又擠出幾聲乾巴巴的笑，本來蠢蠢欲動想探向手機的手指，這下可不敢亂來。

「我兒子，毛茅。」凌霄伸手摸上毛茅的腦袋，然後再介紹起陸續下車的其他人，「藍頭髮的是鄰居小孩，海冬青。白髮的是我兒子的寵物，毛絨絨。還有另一隻寵物，肥貓。」

黑琅眼裡像要噴出怒火，「肥貓」比「大毛」這名字還讓貓憤怒。

要不是海冬青眼疾手快地緊抱住黑琅不放，黑琅第一時間就要蹦跳起來，亮出利爪，狠狠地在凌霄臉上抓出一個棋盤圖案才甘心。

「海冬青……我好像聽過這名字？」石斛多瞄了抱著黑貓的藍髮青年幾眼，下一秒恍然大悟地一擊掌，「蜚葉除污社這屆的社長對吧？胡水綠誇過好幾次了，說這個學生是近年來他帶過最優秀的一位。」

「那是胡老師過獎了。初次見面您好。」海冬青將黑琅舉高，「琅哥的名字是黑琅，希望石先生不要用不合適的叫法喊他。」

「呃……喔，好。」石斛被海冬青的話搞得一愣一愣的。他看著對方那張威懾度只輸凌霄一些的臉，再看向他懷中抱的那隻大胖黑貓，開始懷疑自己是不是真的跟不上流行了。

現在連一隻貓也要被人類尊稱為「哥」了嗎？

但海冬青怎麼看，都是再認真不過，眼裡還明明白白寫著「尊敬」兩個字。

尊敬？對一隻貓？

石斛放棄再思考下去了，他目光轉向毛茅，「你就是凌霄前輩的兒子啊，你好你好。怪不得前輩老是炫耀自己兒子有多可愛，小朋友真的挺可愛呢，今年升國中了嗎？」

「叔叔，我今年高一了。」毛茅在最後幾個字加重語氣。

「高一？這麼……」乍現的危機感讓石斛硬生生把來到嘴邊的「矮」字吞了回去，他偷覷著凌霄握成拳頭的手，忍不住為自己捏了一把冷汗。

毛茅倒是不介意，坦率地說，「現在身高不高，但之後會超過一百八的，這點我很有信心喔。」

石斛不好意思提醒這名紫髮男孩——你旁邊的人全都對這個可能性保持沉默耶。

老實說，就連石斛也不看好這個可能性。但抱持著不能打擊小朋友自信心的信念，他果斷轉移了話題。

「你們是來接金盞的吧？我帶你們進去吧。幸好我聰明，出來前有多抓幾張通行證。來，毛茅你一張，你的……呃，寵物也一張。」

石斛還是很難接受這麼可愛的男孩子竟然會有個人類寵物；而被當寵物的那個，還顯得洋洋自得，只差沒在臉上刻了一行「我寵物，我驕傲」。

現在小朋友的想法……他眞的越來越無法理解了啊。石斛滄桑地在心中嘆口氣，帶領著四人一貓進入了外觀活像是廢墟的櫻草分部裡。

外觀與榴華分部有些相似，在夜間像是個陰森森大廢墟的櫻草分部，內部卻顯得相當正常，就像是走進一棟普通辦公大樓裡。

這讓原本做好心理準備，以爲會看到刺眼配色的毛絨絨登時鬆了一口氣。

「我還以爲榴華分部是紅配綠，櫻草這裡會冒出個紅配白之類的顏色呢。」毛絨絨小聲地和毛茅咬著耳朵。

石斛聽了哈哈一笑，「那是胡水綠自己愛秀恩愛，深怕別人不曉得他和伊聲之間的關係。我們部長就不會了，畢竟他都快四十了還是單身一枝草，想秀都找不到對象可以秀。」

「你也用不著五十步笑百步了。」凌霄一句話就揭破石斛也是單身的事實。石斛的笑聲卡住。

隨後是另外兩聲輕笑響起。

來的是兩名十幾歲的少年少女，他們穿著便服，但揹著的包包是學校的書包，上面還寫著「櫻草高中」四個大字。

「原來石老師說自己有女朋友的事是假的啊。」紅髮少女揶揄地說。

「我就說嘛，石老師看起來就是一張單身的臉。」金髮少年笑嘻嘻地附和。

「你們兩個兔崽子，當我不敢揍你們嗎？」石斛沒好氣地瞪了他們兩人一眼，「你們正經一點，這是在客人面前呢。」

「是是是，知道啦……」紅髮少女和金髮少年異口同聲地拉長尾音，接著收起不正經的態度，面向凌霄等人站得筆直。

「跟你們說一下，這位可是我們協會不少人的大前輩，凌霄，科研部的前任部長。」石斛替雙方簡單介紹，「旁邊是他的家屬。凌霄前輩，這兩個是櫻草除污社的，我之前有去他們社團代課過一陣子，紅頭髮的叫姜連翹，金頭髮的叫……」

不等石斛說完，金髮少年就興致勃勃地搶走話，「我叫杜伏苓。科研部耶，那就是所有科研室的頂頭上司對不對？酷耶，厲害！」

「就說正經一點。」石斛往杜伏苓頭上敲了一記爆栗，「前輩，他們兩個都是剛考上證照的除穢者，身手也相當不錯。」

「對啊對啊，我們很厲害的。凌先生你們是來櫻草市玩的吧，我們可以充當保鏢，我們很擅長保護研究人員的，當然也挺擅長保護普通人的。」杜伏苓挺了挺胸。

然後就被旁邊的姜連翹不客氣朝他胸口大力一拍，「你眼睛長哪去了，蜚葉除污社的社長你也有辦法看成普通人？」

「蜚葉除污社？」杜伏苓的聲音錯愕地揚高幾度。雖然蜚葉和櫻草兩校比較少接觸，但他也是聽過那位社長的威名的。他反射性望向了對邊除了凌霄以外，氣勢格外強盛的那名藍髮青年，「不是吧？眞的假的……海冬青⁉」

「等一下，我們毛茅也很厲害的啊！」毛絨絨這下可不服氣了，怎麼能就跳過毛茅不誇呢？在他看來，全部人加起來都沒毛茅厲害。

被海冬青小心抱在臂彎中的黑琅一臉贊同，誰都比不上他家鏟屎官。

杜伏苓和姜連翹的視線同時集中到個子最矮的紫髮男孩身上。

「你也很厲害？所以你也是除穢者？」

「國中就當上了嗎？可不對啊，除穢者不是起碼要高中才能去考證照？」

「我還是實習生，而且我高一啦。」毛茅已經很習慣旁人對他年齡的誤解。

「好了好了，我們邊走邊說吧。別杵在大廳這邊，櫃台小姐都用看障礙物的眼神看我了。」石斛打斷還想說話的兩名櫻草學生，催促眾人移動腳步，「前輩，我帶你們到樓上。杜伏苓和姜連翹，你們倆要是沒事就趕緊回家去吧。」

「不不不，我們有事，現在有事啦。」姜連翹忙不迭地拉著杜伏苓，跟上大部隊的腳步。

「對對對，聊天沒聊完，所以就是有事了。」杜伏苓另一手探出，想要跟毛茅勾肩搭背。

毛絨絨快速擠到毛茅身邊，看似不小心地撞開了那隻手。

杜伏苓本來想沉下臉，但瞧見毛絨絨的表情無辜又透著慌張，當下只以爲對方是無意的。放棄與毛絨絨計較，杜伏苓一張嘴沒停下，好奇心十足地把問題一個個拋出來。

「高一才只是實習生很正常啦，不是每個人都是天才嘛。毛茅你也是蜚葉除污社的嗎？契靈是長什麼樣？有沒有打過污穢？」

「笨蛋，你的問法錯了啊。實習生只能刷黴斑，怎麼可能打污穢？」

誰說毛茅沒有打過污穢的？他打的可多呢！毛絨絨反射性就想大聲爲毛茅反駁，可毛茅已經笑咪咪地接過了話。

「我不是蜚葉的學生喔，我是榴華的。」

「榴華」兩字一出，前一秒還喋喋不休的姜連翹和杜伏苓霎時像是哽到了喉嚨，聲音一下子沒有了。

接著，他們睜大了眼，掩不住驚愕地七嘴八舌起來。

「榴華？榴華除魔社的？」

「一群都怪咖，但顏值高得不像話的榴華除魔社？」

「跟魔女們對打過的那個榴華除魔社？」

「沒騙人吧？眞的是榴華？」

「你們榴華來榴華去的，吵得我頭都痛了。」石斛大手一揮，按住了兩名學生的腦袋，威嚴一拿出來，登即讓嘰嘰喳喳的兩人像被按了靜音鍵。

「喵。」黑琅慢悠悠地甩動尾巴。

乍聽像是湊巧喵叫，然而不知道爲什麼，杜伏苓和姜連翹總有種那隻貓宛如在嘲笑他們的感覺。

不，應該是……錯覺吧？

被按住腦袋的杜伏苓低著頭，可憐兮兮地討饒，「石老師，我們這不是太好奇了嘛。是跟七魔女對上的榴華除魔社耶，雖然負責戰鬥的是幹部，但實習生肯定也知道當時的詳情吧？」

「毛茅才不只知道，他也有打過啊。」毛絨絨驕傲地說。

「哇，那還眞是……」杜伏苓捧場地拍拍手，「好棒棒喔。那更要跟我們說一下當時戰鬥的過程了，是怎麼把魔女消滅的呀？」

「行了，蜚葉也有跟魔女對上，你們怎麼就不好奇他們家的？」石斛說。

「呃，啊哈哈……」姜連翹挪開視線，不敢對上海冬青。難不成要他們老實承認海冬青給人的感覺比較可怕嗎？他們哪敢大剌剌地追問不放。

「反正讓我們問一下也不會怎樣嘛。」杜伏苓猶不肯死心，「魔女耶，我們也很想打一次看看的。要是她們出現在我們櫻草，我覺得我們肯定也……」

「有什麼問題，你們下次要是有機會碰到的話再問，現在通通到這裡爲止。」石斛鬆開了手，他的話聲剛落下，電梯到達的聲音也「叮」地響起。

杜伏苓和姜連翹面露失望，他們還沒問到想知道的呢。

電梯門往兩側退開，石斛率先走進去按住開門鍵，等待著凌霄等人接連走進。

「別太晚回去。路上要是有看到黴斑，就記得刷一刷，年輕人就是要多做點肉體勞動。」

「知道啦……」杜伏苓和姜連翹有氣無力地回話，沒吵著要跟著一起進去。

石斛他們坐的這部電梯，是直接通往辦公區域的，沒有經過許可，櫻草分部以外的人不能隨便搭乘。

「有緣下次見了，榴華的小高一。」姜連翹朝電梯裡的毛茅揮揮手。

杜伏苓也跟著舉起手，當電梯門完全閉緊之際，他朝姜連翹呶呶嘴，無聲地說：

只不過是實習生，都能被捧成和魔女戰鬥過了。眞羨慕，靠爸眞好啊。

石斛帶著眾人直達他們科研室所在的樓層。

在他出去迎接凌霄等人之前，他記得金盞就賴在科研室裡不肯走，然後搶了一張實驗桌，說是要自己搞點小實驗打發時間。

只要不再破壞他們分部的任何東西，或是炸了哪裡，對於金盞提出的這點小要求，身爲科研室老大的石斛當然是一口應允。

「所以金盞小妹妹長得可愛嗎？」毛絨絨對這個問題一直念念不忘。

石斛震驚極了，「不是吧？你們到現在還不知道金盞長什麼樣？」

毛茅和毛絨絨有志一同地搖搖頭。

「凌霄前輩，你沒給他們看照片嗎？」石斛匪夷所思地看向凌霄。

「沒拍。」凌霄只給了一個簡單直白的理由。

石斛發現自己完全弄不懂這位前輩的想法。兒子的照片就塞滿了手機相簿，怎麼女兒的就一張都沒有？

……那女兒是路邊隨便撿來的吧？

好吧，照凌霄的說法，還眞是從路邊撿回來收養的。

不想摻和別人家的私事，石斛閉上嘴，安安靜靜地把人帶到了科研室裡。

大門一推開，待在裡面的眾多白袍人員有的下意識抬起頭，有的仍是埋首在自己的工作當中。

科研室的人也不是第一次見到凌霄進來，於是他們探究的目光自然就落到了凌霄和石斛以外的三人一貓上。

還有人忍不住交頭接耳。

「那是迷你豬嗎？」

「不，我看長得挺像貓的。」

「該不會是長得像貓的豬？」

「你怎麼不說是長得像豬的貓？」

黑琅氣得渾身發抖，要不是毛茅迅速握住他的一隻貓爪爪，他早就暴跳如雷地衝出海冬青的懷抱，給那些膽敢對他大不敬的刁民們沒齒難忘的教訓。

就在他們的左臉抓一個「蠢」，右臉抓一個「蛋」。

「今晚給你多開一個罐罐。」毛茅安慰黑琅，「大毛最乖了對吧？」

看在自家鏟屎官開口的份上，黑琅勉爲其難地接受了這個安撫。

「這是凌霄前輩的家屬，他們來接金盞了。金盞人呢？怎麼沒看到她？」石斛打量周圍一圈，確定沒發現那抹嬌小人影。

「我剛剛好像看到她跑到後面的休息室了……」一名研究員不確定地說。

「我去叫她吧。」另一人自告奮勇地說。

只是不到兩分鐘，那名負責去叫人的女子就匆匆忙忙地跑了出來，身上的白袍隨著急促的步伐擺動，臉上盡是藏不住的緊張。

「室長、室長……金盞不見了！」

「什麼？什麼叫金盞不見了？」

「休息室裡面沒人，只有留張紙條……」

白袍女子在石斛面前停下，氣喘吁吁地將手上抓著的紙張舉高。

上面歪歪斜斜地寫了幾個大字。

太無聊了，我出去玩了，叫凌霄自己找地方先待著，我晚點就會過去找他。

最後一字的後面還畫了一朵金黃色的小花，如同代表著主人的署名。

□

來到櫻草市，毛茅一家人住的地方是櫻草分部幫忙安排的宿舍。

那是棟獨立的兩層樓建築，外面還有小庭院，不論是隱私度或寬敞度，對毛茅他們來說都很足夠。

對於金盞跑得不見人影、放了他們鴿子的事，凌霄看起來毫不在意。他沒有動怒，也沒有流露緊張，似乎不關心女兒的去向。

在看完金盞留下的字條後，他還真的很乾脆地又帶著毛茅他們走了。

石斛和他的下屬們對這發展看得目瞪口呆，只能認定不管是凌霄還是金盞，這對養父女的相處模式實在太神祕了。

或者說他們兩人的心簡直就是海底針，旁邊人根本捉摸不透。

凌霄可以不理會櫻草分部的人，卻不會不給毛茅一個解釋。

「金盞現在就是叛逆期，越是想要她怎麼做，她就越會和人唱反調。對她冷處理就可以了，現在去找她，她只會想辦法跑得不見蹤影。」

「啊，我懂了！」毛絨絨眼睛一亮，「所以金盞小妹妹是打算和我們玩捉迷藏的意思？」

凌霄淡淡瞥來一眼，卻也沒有出聲否認毛絨絨的說法。

難得的是，就連素來愛對毛絨絨大潑冷水的黑琅也沒有跟他唱反調。

從櫻草分部大樓出來，黑琅沉默得不像話，唯有一張臭臉透露出他的心情很不爽，還是超級不爽的那種。

一等到進了宿舍裡，黑琅馬上跳上桌子，衝著凌霄不爽地齜牙咧嘴。

「凌霄你這智障！你收養的新女兒是什麼意思啊？朕命令你，現在立刻把她叫回來，朕要好好教導她，什麼叫作應有的禮貌！」

黑琅幾乎要氣死了，在他看來，金鰲的行爲擺明就是故意要削他家鏟屎官的面子。

凌霄都事先說好了，那個小屁孩怎麼早不跑、晚不跑，剛好就選他們過來的時間跑？

這沒有特殊含意的話，他就把毛絨絨的羽毛拔得一根也不剩。

毛絨絨無來由地打了一個大噴嚏。他揉揉鼻子，狐疑地四下觀望，卻找不到剛剛一瞬間讓他直冒寒意的源頭。他以爲是錯覺，便又興高采烈地到屋子各處去探險了。

海冬青沒打擾黑琅對凌霄的咆哮，他的第一目標就是鎖定廚房，打算去看冰箱裡有沒有什麼食物。有的話就替黑琅準備點吃的，沒有的話他也可以立刻去外面採購。

「等她回來，我會重新教導她什麼叫作禮貌。你一隻膽固醇過高的貓，該操心的是你的體重。」凌霄不爲所動地說。

「朕的體重沒問題，一點問題都沒有。」黑琅怒氣沖沖，瞬間被帶偏了話題，「朕說過多少次，朕苗條得像條閃電！」

「有的閃電粗到有幾公里。」

「那朕也只會是最細的那道。」

「爸爸、大毛，給你們一分鐘的時間吵完，不然今天我要負責下廚啦，重溫一下小時候的手藝我還是做得到的呢。」毛茅雲淡風輕的一句話，就讓雙方迅速偃旗息鼓。

凌霄和黑琅一聽就知道，毛茅這是想要再用黑色料理懲罰他們了。

「毛茅、毛茅。」毛絨絨忽地從樓梯間探出頭來，開心地嚷，「樓上有三個房間耶，我們一起睡！」

「敢打朕鏟屎官的主意？朕可以讓你現在就睡著，徹底的、永遠不會醒來的那種。」黑琅陰惻惻地說。

「不不不，我還想醒過來的！」毛絨絨瘋狂地搖著頭，打消了和毛茅一起睡的主意。

「毛茅跟我一起，其他你們自己去分配。」凌霄獨斷地做了決定。

「唔，我能說我拒絕跟男人睡一起嗎？當然公貓、公鳥也不行。」毛茅悠閒地插話。

凌霄只是回過頭，臉上沒什麼表情，但看向自己兒子的目光裡盛載著明晃晃的委屈。明明那麼高大的個子，此刻就像是遭到主人嫌棄的大狗。

「爸爸明天買洋芋片工廠給你。」

「醒醒，爸爸，我們家沒那麼多錢。你要是敢弄出貸款，我會把你折斷喔。」

「……喔。」

「我跟琅哥一起就行，其他沒意見。」海冬青從廚房走出來，「琅哥睡床上，我睡床下也可以。」

「朕還沒那麼喪心病狂好嗎？」黑琅沒好氣地說，但也默認了晚上和海冬青同房的事。

毛絨絨吞了吞口水，假如毛茅真的打定主意要自己一個人一間房，那麼豈不是表示……

「不不不，我突然覺得毛茅就該和凌霄先生睡一起，多多培養父子感情！」毛絨絨二話不說地改變立場，異常熱情地贊同了凌霄的說法。

——所以千萬不要把他可憐無辜的一隻鳥分到凌霄那邊啊！

「好吧，我也沒意見了。」毛茅看著自己的家人，一攤雙手，語氣是自己都沒發覺的縱容，「不過爸爸，你是不是還忘了一件事？」

凌霄快速地在腦內過濾一圈。新口味的洋芋片，替毛茅訂了；他慣穿的某個品牌推出的父子裝，同樣也訂了，還把新一季的款式全訂了一輪；黑琅的貓糧……喔，這不關他的事。

將所有細節全揉開了審視，確定沒有任何疏漏的凌霄抬起頭，「什麼事？」

「妹妹的照片啊。」毛茅大嘆一口氣，哭笑不得地說，「都來到櫻草市了，就算還不能見到妹妹，但好歹讓我先知道妹妹的模樣吧？」

□

擱在一邊的手機嗡嗡震動幾下，讓林靜靜的目光暫時從電腦螢幕上挪開。

發現是毛茅發來的訊息，林靜靜點開一看，映入眼中的照片讓她困惑了好一會。

那是一名陌生小女孩的照片。大概是八、九歲的年紀，一雙眼睛像浸過溪水的黑石頭，特別明亮，烏黑的長鬈髮被照顧得很好，滑順又充滿光澤，越到末端，鬈翹的弧度越大。與她的黑髮、黑眼相比，她的膚色則白得不可思議，但又不是那種不健康的蒼白。

「這小女生眞可愛啊……」林靜靜誇讚著，正打算問毛茅這是誰，腦中突然靈光一閃。

黑髮黑眼，兩個眼睛一個鼻子……這不就是符合毛茅當初爲自己描述的那位妹妹嗎？

下一秒毛茅再發來的訊息，證明了林靜靜的猜想沒錯。

這果然就是毛茅的那位新妹妹，金盞。

*看起來眞的很可愛，感覺應該很好相處吧？*林靜靜把自己的感想發給對方，不過這一次「已讀的」標示沒那麼快跳出來。

也許毛茅去忙其他事了吧？

林靜靜想到毛茅一家子去的是櫻草市，正好自己有個堂妹也住在那邊。

堂妹和她只差兩歲，雖然住的地方相隔得有點遠，但她們倆的感情從小就相當好，有事沒事都會在線上聊天，吐槽或抱怨學校發生的事。

林靜靜點開與堂妹的聊天視窗，打算來問問對方有沒有推薦的櫻草美食或有趣的景點，好分享給人也在櫻草市的毛茅。

就像是雙方有默契一樣，林靜靜剛要發送出「在嗎」兩字，她的堂妹已先打電話過來了。

突然大響的鈴聲嚇了林靜靜一跳，她拍拍胸口，手指趕緊往螢幕上一滑。

然而林靜靜怎樣也沒有預料到，她一接起電話，連問候都還來不及出口，堂妹哭哭啼啼的聲音便像洶湧潮水般淹了出來。

「靜靜，妳一定要幫幫我……她好像、好像找上我了……嗚嗚嗚，我好怕……」

「什麼？誰找上妳？等等，妳先別哭啊……」

「靜靜……妳能不能過來陪我？」

「過去陪妳是沒問題，但妳也要先冷靜下來……妳說誰找上妳了？」

另一端的林又霜先擤了一次鼻子，接著抽抽噎噎地吐出讓林靜靜當場頭皮發麻的四個字。

——魔鏡女孩。

第三章

隨著外頭的天色越發昏暗，毛絨絨更加坐不住了。

這是他第一次離開榴岩市，原以爲會有熱鬧豐富的行程等著自己——逛街啊、吃吃喝喝啊，或是到櫻草市知名的觀光景點看看。

沒想到上述這些，通通都沒有。

他們來到櫻草市，最多只去了櫻草分部，停留的時間可能還不到二十分鐘吧，就一路在宿舍裡待到了現在。

說好的外出旅行呢？

凌霄自己倒是中途出門了一趟，吩咐說如果他晚回來，毛茅記得先吃飯。

毛絨絨哀怨無比地往自個兒左右看了看。

黑琅在看《冥王星寶寶》，海冬青在看黑琅看《冥王星寶寶》；毛茅吃著他的洋芋片，翻著他在凌霄眼皮底下偷渡帶來的小黃書，欣賞著裡面的波濤洶湧。

毛絨絨忍不住想吸一口氣，這情景和他們待在榴岩市有什麼不同？大家也太宅了吧，難道就沒有想過要出門嗎？

如果能夠聽見毛絨絨的內心話，那麼毛茅和黑琅會乾脆俐落地回給他兩個字。

沒有。

至於海冬青，他素來以黑琅的意見為意見，所以毛絨絨從來不會把他列入詢問名單。

毛絨絨又偷瞄了一眼被黑夜包圍的屋外，屁股底下像有刺般不停挪來挪去，整個人一副坐立難安的模樣。

從眼角餘光瞥見這一幕的黑琅不耐煩地說，「你是有痔瘡嗎？有的話就自己滾去找醫生治，不要在這邊礙朕的眼睛。」

「痔……」毛絨絨這下是控制不住地倒抽了冷氣，「美少年怎麼可能會長那種東西？陛下你不能嫉妒我貌美就誣陷我！」

黑琅還沒冷笑，海冬青就先駁斥毛絨絨的說法。

「美的是琅哥才對。」

毛絨絨拒絕跟一個戴了超厚美化濾鏡的迷弟說話。

「毛茅……」毛絨絨改將祈求的目光投向紫髮男孩身上，「我們出門去逛啦，不要再繼續待在宿舍裡了，都來到櫻草市了！」

「所以我正在感受在櫻草市看小黃書是怎樣的體會呀。」毛茅舉高手中的書，換來毛絨絨哀怨到快哭出來的表情。

「這種事……毛茅你可以回去榴岩市再繼續做啦。我想出門、我想出門，我想大家一起出門玩啦！」說到最後，毛絨絨從人形變成了鳥形，一顆雪白的糰子就這麼在沙發上滾來滾去，一邊還發出哀號聲。

吵得讓黑琅都沒辦法好好看電視，「啊啊，毛茅你快把那隻蠢鳥丟到窗外去！」

毛茅還眞的「啪」地闔上書，從沙發上站了起來。

毛絨絨瞬間不敢動了，就怕自己下一秒被丟飛出去。

毛茅越靠越近，陰影蓋住了極力吸著氣、巴不得能讓自己變得瘦一點，減少存在感的雪球鳥，然後他露齒一笑，小酒窩在頰邊浮現。

「不是說要出門嗎？」

「咦？咦咦咦咦？」毛絨絨眼中的呆愣一轉眼成了如煙花綻放的驚喜。

毛茅手一揮，「走吧，都來到櫻草市了，去街上逛逛吧。聽說這裡的便利商店有櫻草市才有的獨家口味洋芋片呢。」

就算毛茅是為了洋芋片才肯挪動腳步，但毛絨絨已經開心得不得了。

雖然《冥王星寶寶》還沒演完，黑琅也撐起身子，靈活地跳下了海冬青的腿。他可是毛茅的代理監護人，毛茅在哪邊，哪邊就有他。

入夜的櫻草市顯得燈火燦爛。

雖然今晚是週四，但由於正逢連假，街上人潮特別多，熙熙攘攘，一不留心就可能撞到其他人。

在人群中，身高直逼一百九的海冬青依舊相當引人注目。不過他那一身散發威懾的氣質，讓人只敢快速瞄個幾眼，很快就收回視線。

毛茅的主要目標是便利超商賣的限定洋芋片，一買到他想要的東西，接下來的行程就很隨意，看毛絨絨想去哪，就讓大部隊一起跟著毛絨絨去哪。

毛絨絨像是被關了多天，終於放出籠子的小鳥，好幾次都因為衝得太快，淹入人潮中差點找不到人。

幾次之後，黑琅沒耐心了，壓低了音量，陰森森地警告著毛絨絨，「你再亂跑一次，朕就叫毛茅在你脖子上綁個項圈。」

毛絨絨看了看黑琅脖子上的紅項圈，不知道想到什麼，白皙的面頰竟詭異地浮起紅雲。

黑琅一陣惡寒，一爪子反射性揮出去，在毛絨絨的臉頰留下梅花印。

被打臉的毛絨絨摀著臉頰，嘿嘿傻笑，「項圈耶，要是毛茅替我戴項圈的話……」

毛茅沒仔細聽毛絨絨在說什麼，但下意識和前方的白髮少年保持了距離。

沉溺在妄想中好一會，毛絨絨接著又被不遠處的熱鬧吸引了目光。

「啊！那邊好像很多人！」毛絨絨一時又忘了黑琅的警告，也可能是他故意忘記的，拔腿直往前跑。

前方的人行道上，有兩隻巨大的布偶熊正朝路過民眾發送氣球。那有些笨拙又萌萌的模樣，吸引不少女性和小孩子主動上前索取，或是想要跟他們一起合照。

毛絨絨也想拿個氣球，但他運氣似乎不太好，等到他擠到前頭時，戴著黑色領結的布偶熊已經發完。

戴著白色領結的布偶熊手上還有最後一顆，但有一名小女孩正巧伸出了手。

毛絨絨不好意思跟小朋友搶氣球，只好惋惜地折返回去。然而他的肩膀卻被兩隻大大的熊爪子從後一左一右地抓住，扣著他不讓他走。

毛絨絨嚇了一跳，正想朝走過來的毛茅他們大喊救命，其中一隻布偶熊便舉起另一隻熊爪，比了個跟他們走的手勢。

毛茅覺得有趣地勾起笑，不以爲意地跟上前。

布偶熊領著毛茅他們幾個人鑽進了一條沒什麼人的小巷子內。

黑琅金眸利光瞬閃。只要這兩隻熊敢有什麼妄動，他就會讓他們深刻體會到他貓陛下的爪子，可是比那四隻熊爪厲害太多了。

繫著黑領結的布偶熊接下來做的動作，是把他大大的頭套摘掉。

繫著白領結的布偶熊也是同樣的動作。

隨著頭套摘下，先前隱藏在裡面的兩張面容登時暴露出來。

那是兩名除了劉海顏色不同，乍看下難以找出絲毫差異的紫髮少年。

「項冬、項溪學長？」毛茅大感意外地喊道。

一聽見毛茅開口，項冬和項溪反而流露出一股明顯的錯愕。

半晌後，項冬先喃喃地說，「太不可思議了……」

就連項溪也是語帶恍然，「小朋友居然會這麼正正經經地喊我們的名字……」

「感覺太陽要打從西邊出來了。來，給好好叫我們學長的小朋友一個獎勵。」項冬將頭套重新戴上，雙臂展開，變得悶悶的聲音從裡面傳出來，「萌萌布偶熊的抱抱，其他小朋友可是得不到的喔。」

毛茅帶著笑，然後無情地拒絕了，「才不要。」

「真讓學長傷心。」項冬再摘下頭套，嘴上說著傷心，語氣卻是缺乏抑揚頓挫，更像是唸著台詞。

「學長們怎麼也來到這了？」毛茅看著項冬、項溪那一身的布偶裝。該不會……打工打到櫻草市來了？

項溪證實了毛茅的猜測，「來這打工的。」

「雙份打工。」項冬豎起兩根手指，「一個是發氣球，另一個，因爲工作對象跑到這來了，我們只好也過來。」

「工作對象跑到這來？」毛絨絨驀地恍然大悟，「我知道了，是凌霄先生！是因爲凌霄先生跑到這來了，你們才追著他一塊過來？」

「才不是！」素來沒什麼默契的項冬、項溪異口同聲大叫，語氣斬釘截鐵得像巴不得和那個猜測撇清關係。

「才不是因爲機車的雇主先生。」項冬想搓搓手臂，但礙於熊爪子有些笨重只好作罷。

「機車的雇主先生的兒子就在你們面前喔，學長們。」毛茅愉快地提醒。

「你在我們面前才是好事。」項溪也不賣關子了，直截了當地說，「小朋友你在這裡，我們倆才跟過來的。」

毛茅沒想到會得到這個答案，先是一怔，旋即才回想起來。兩位二年級的學長確實說過，他們除了替凌霄外送洋芋片之外，還要順道關心他的生活，保護他的安全。

「能賺錢的工作都不能落下。」項冬面無表情地說。

「眞心話則是機車雇主先生在付薪水時一點也不機車，感謝他的大方。」項溪面無表情地比了一個ＹＡ的手勢。

「那也不須要把朕的鏟屎官特地叫過來。」見周圍都是自己人，黑琅不再僞裝成一隻普通的貓了，「你們兩個紫毛的到底想幹嘛？」

「剛說了，關心小朋友的生活。」項冬說，「所以，體貼的學長是要告訴你，小朋友，別傻傻地去玩一些莫名其妙的遊戲。」

「善良的學長還要告訴你，有人叫你玩來路不明的遊戲，千萬不要去玩。」項溪說。

饒是毛茅再怎麼心思靈敏，面對項冬他們沒頭沒尾的勸告，也只能一頭霧水地回望著兩人，「什麼遊戲？我平常都只玩抽卡的手遊而已啊……」

話語一頓，毛茅無來由地想起前幾天林靜靜興沖沖跟他分享的八卦。

同樣也是來路不明的遊戲。

同樣也是莫名其妙的遊戲。

「學長們說的那個遊戲……該不會叫『魔鏡女孩的挑戰』吧？」毛茅隨口一問，換來的卻是項冬兩人神色瞬凜，兩雙眼睛覆上了嚴肅。

「你玩了？」

「沒有，我沒……等等，所以眞的是那個遊戲？」

相較於毛茅的驚訝，毛絨絨他們卻是全然摸不著頭緒，他們對這個遊戲名只有陌生。

「怎麼回事？」海冬青開口，低沉的嗓音自帶一股威嚴。

「這幾天在櫻草市打工聽到的。」項冬聳了聳肩，如實交代，「好像是突然在國中生之間流行的遊戲，就叫作『魔鏡女孩的挑戰』。」

「只要聯繫上魔鏡女孩，對方就會發來指令，要玩家照著指令行動。」項溪接著說，「所有指令都完成的話，就會獲得想要的東西作為獎品。」

毛茅深呼吸一下，臉上還是保持著微笑，「學長們，須要再提醒你們一次嗎？我，是高中生。」

國中生流行的遊戲跟他有什麼關係啊！

「怕你為了一包洋芋片一時衝動。」

「衝動是魔鬼，要冷靜。」

毛茅覺得他挺冷靜的，不然早就放他家大毛去給面前的兩位學長一頓貓貓拳攻擊。

「你們兩個蠢貨，是把朕的鏟屎官當什麼了？」黑琅先忍無可忍了，「毛茅哪可能為了一包洋芋片衝動？起碼也要一百包！」

「對啊對啊，或是一座洋芋片工廠，這樣才襯得起毛茅的身分！」毛絨絨認真地說。

項冬和項溪交換了一記眼神。什麼身分？洋芋片瘋狂愛好者嗎？

沒把心裡吐槽說出來，項冬又說，「關心傳達到了，多注意一點，我們要回去打工了。」

「再見，學長下次再送你一顆氣球，免費的。」項溪把熊頭套戴上。

目送著兩隻布偶熊搖搖晃晃地走了，毛茅決定不提醒一聲，他們走錯邊了。

櫻草市似乎越晚越熱鬧，但路上過多的人潮讓黑琅漸漸覺得不耐煩。

察覺到黑琅的焦躁，海冬青提議換個方向，往人少的地方走。

拎著一袋洋芋片的毛茅沒有意見。

只想滿足大夥一塊出門欲望的毛絨絨也沒有意見。

不知不覺中，一行人偏離了川流不息的市區街道。路邊人車逐漸變得稀少，吵雜的聲音也變得越來越模糊，好像被他們遠遠拋在了身後。

與剛才被項冬他們帶進的小巷子不同，那條小巷子外還是人來人往，但這裡是眞的偏僻，偶爾才能看見三兩行人。附近的建築物大多熄了燈，黑黝黝的窗口在黑夜裡像是巨大生物的眼睛，靜靜地注視從它們底下或面前經過的身影。

毛絨絨不自覺地屏住聲息，感覺像冷不防闖進了另一個遺世獨立的世界。

黑琅倒是很滿意現在的氛圍，他擺脫了海冬青的懷抱，大搖大擺地走在最前頭，傲然的姿態宛如國王陛下在巡視他的領土。

「毛茅，你怎麼會知道魔鏡女孩的挑戰呀？」毛絨絨不喜歡太安靜，覺得好像下一秒會有什麼嚇人的東西竄出來，他主動尋找話題，趁機往毛茅更靠近一點。

雖然可愛，但充滿男子氣概的毛茅能讓他擁有安全感。

「不可以玩喔，毛絨絨。」毛茅慢悠悠地說，「那種來路不明的遊戲亂玩後，會有可怕的後果呢。」

「會……會有什麼可怕的後果？」毛絨絨顫顫地問。

「像是你的世界從此沒有貧乳，只有巨乳？」毛茅張口就是胡扯，說完後忍不住摸了摸下巴，「唔，這對我來說是天堂耶。」

「嗚噫！太可怕了……」毛絨絨被嚇得臉色煞白。沒有貧乳美少女，那鳥生還有什麼意義？

「智障。」這是黑琅對輕易就被糊弄的毛絨絨的評論。

「嗯。」海冬青的這一個音節，翻譯起來就是「琅哥說的對」。

毛絨絨還寧願海冬青別出聲呢。

被黑琅和海冬青一打岔，毛絨絨頓時也重新找回他的智商了，「毛茅你是在騙我的對不對？」

「對。」毛茅毫不猶豫地承認。

毛絨絨被噎得險些說不出話來。

「魔鏡女孩的挑戰……其實我也是從靜靜那邊聽來的。」毛茅也不逗弄毛絨絨了，「大致狀況就和東西學長他們說的一樣，要玩家照著命令行動。這怎麼聽都很可疑啊，萬一人家叫你做些不該做的事怎麼辦？所以我是不會想去碰這種奇怪的遊戲的。」

「不愧是朕一手教養出來的鏟屎官。」黑琅深感欣慰。為了慶祝，回去叫海冬青再幫他開一個罐罐吧，要頂級的那種。

既然毛茅都這麼評論那個魔鏡女孩的挑戰了，毛絨絨對那遊戲也沒了興趣，一轉眼就把它拋到九霄雲外去。

走著走著，海冬青冷不防停住腳步。

「小青？」毛茅最先注意到海冬青的動靜。

聽毛茅一喊，走在最前方的黑琅也回過頭來，發現自家頭號小弟正盯著地上一角。從黑琅的角度看，那就是有點髒的柏油路，也不知道對方是在看什麼，彷彿那上面可以看出一朵花似的。

毛茅也湊過去一看，與黑琅一樣，他也沒看出路面上有什麼特別的。但他腦子轉得飛快，一下就領悟過來有什麼是海冬青會注意，而自己與黑琅卻看不出來的。

「小青，這裡有黴斑嗎？」毛茅問道。

海冬青點點頭。在他的視野中，深暗的柏油路面上卻冒出了詭異的細細白絲，白絲底下是不規則狀的青灰色。

乍看之下，就好像這條馬路發黴了一樣。

「污染很嚴重嗎？是污穢可能要跑出來的那種程度嗎？」毛茅語氣裡有著藏不住的興奮，眼底像燃著小火焰。

他的頭頂上只差沒跑出一排閃亮亮的跑馬燈：可以打怪了嗎？可以打怪了嗎？可以打怪了嗎？

海冬青直接搖頭，「規模滿小的，要產生污穢還要一段時間。」

「噢……」毛茅眼中亮光瞬暗，臉上是露骨的失望，「好吧。那須要刷一下嗎？」

海冬青還是搖頭。

「哎？爲什麼？」甩去對沒辦法打怪賺錢的失落，毛茅不解地問。按照他們除魔社的教導，路上要是看到黴斑就該刷一刷，以免污染加重，造成污穢的誕生。

海冬青簡單地解釋，「如果是在其他縣市，刷黴班主要是交給那個地方的實習生，讓他們賺積分，多熟悉業務。如果外地的人插手，對當地人來說會像是……」

「我知道，搶工作！」毛絨絨搶著回答。

海冬青這次是以點頭作結。

正當毛茅他們準備離開的時候，幾條人影往他們這方向走了過來。走得越近，越能看清對方的相貌，似乎是和毛茅他們差不多年紀的學生。

那些人瞧見毛茅等人時愣了一下，像是沒想到這個陰暗冷清的角落會有人，還是好幾個。

笑鬧聲不禁停止一瞬，接著其中一人注意到個子最高的海冬青。

那人瞪大了眼，想也不想地喊道：「蜚葉的海冬青!?」

其他幾名年輕人下意識看向大叫的同伴，又齊刷刷看向了比他們還要高的藍髮青年。

而那突然響起的叫喊，也讓毛茅他們倏地意會過來，對方恐怕也是實習生或是除穢者。

「櫻草除污社的？」海冬青的反問無疑間接證明了他們的猜想。

「還眞的是蜚葉的海冬……呃，海冬青學長。」認出海冬青的那人猛地反應到對方不只是比自己大一屆的高三學長，還是一社之長，連忙改了稱呼，「抱歉，我只是太過吃驚，沒想到學長會來我們櫻草……」

「放假。」海冬青言簡意賅地給了兩個字。

櫻草除污社的學生裡有人不曉得海冬青是何來歷，狐疑地問著身邊同伴，知道的趕緊爲他解說了一番。

頓時又多了幾道驚歎的目光落至海冬青身上。

「不好意思，學長，要麻煩你們讓開一些……我們必須記錄這邊的狀況，這是我們社團的工作。」

「記錄？」

有道疑惑的聲音從海冬青背後冒了出來，然後是一顆紫色的腦袋探出。

櫻草的學生這才發現到，原來還有一個人被海冬青擋住了。

紫髮金眼睛，長得又特別矮，臉蛋稚嫩得讓人以爲是國中生……

下一秒，櫻草裡有人脫口說道：「你該不會就是連翹他們說的，那個什麼部長的兒子？」

「那是誰呀，毛茅？」毛絨絨針對的「誰」，是指櫻草學生口中說的連翹。

「唔，就是我們去櫻草分部的時候，不是有碰上兩個人嗎？」毛茅回想著那天的情景，「姜連翹和杜伏苓。」

經毛茅一提，毛絨絨多少有些印象了。

而櫻草的其他幾人也紛紛想起毛茅是誰。他們副社和公關昨天在群組裡有跟他們提過，在櫻草分部碰到了來自榴華除魔社的人。

「你就是那個榴華除魔社的實習生？」

「那個靠……！」這人的話還沒說完，就猛地被自己的同伴摀住了嘴巴。

摀人嘴的那人忙不迭地說，「靠，差點忘記我們還有工作要做……不好意思啊，你們繼續逛，我們要先忙了，我們還得把這邊的黴斑記錄拍照才行。」

「對對對，眞的差點忘了！」

「喂，東西趕快拿出來，別在這邊浪費時間了。」

櫻草的學生們不約而同地忙碌起來，有的拿出相機，有的拿出記事本。

見狀，毛茅他們也不多逗留，免得干擾到對方工作。

離開之前，毛絨絨回過頭，碰巧看見圍在徽斑前的櫻草學生也抬起頭，那在黑夜裡投來的目光既像審視，又像……

嗤之以鼻。

對誰嗤之以鼻？

啊，他知道了，肯定是對陛下的嘛！

那些人一定是覺得貓怎麼可以胖成這樣，和毛茅在一起，把毛茅的顏值都拉低了。

自覺找到眞相的毛絨絨加快速度，追上了前方的同伴。

「毛茅，接下來我們要去哪邊逛啊？」

「朕要回去，而且不接受這個選擇以外的意見。」

「陛下，你這樣是獨裁！是霸道！」

「朕就是獨裁又霸道怎樣？不爽來咬朕啊。」

「嚶，我哪敢……」

毛絨絨知道只要自己稍有動作，旁邊的海冬青恐怕就會動手把弱不禁風的自己給拎起來，毫不客氣地扔出去。

毛茅照慣例不插手寵物之間的紛爭，他悠閒地逛著小路，享受一把幽靜的氣氛。

但就在下一瞬，他步伐一滯，反射性扭頭看向了某個方向。

那裡空無一人，只立著一根電線桿。

高高瘦瘦的水泥柱宛如沉默的巨人，一動也不動地矗立在原地。

「毛茅，你在看什麼？」黑琅用尾巴抽了毛絨絨的小腿肚一記，三兩下跳至毛茅的肩膀上，攀掛在上，也學著毛茅朝同一個方向看。

依舊什麼都沒看到。

「大概是錯覺吧……」毛茅摸摸鼻尖，目光再次打量周圍，確定沒有出現任何異常，「剛剛總覺得好像……有人在看我？」

「誰？誰？」毛絨絨緊張地跳起來。

「沒事，我檢查過了，沒人啊。」毛茅露出笑容，「可能眞的只是錯覺吧。」

「嗯。」黑琅也附和毛茅的說法，「朕也沒發現什麼不對勁。」

「我跟琅哥一樣。」海冬青說。

既然感官極爲敏銳的黑琅和海冬青都沒發現異狀了，毛茅也就認定先前的怪異感覺只不過是自己的錯覺。

「毛茅……」毛絨絨忽然壓低聲音，故作神祕地說，「你說，會不會是那個什麼魔鏡女孩在偷看你？」

毛茅微笑，「我是不曉得那個魔鏡女孩會不會偷看我，但我可以告訴你，你今天有很大的機率會被我倒吊在鏡子前面一整晚喔，下面還要擺滿好幾盆仙人掌。」

「不——」毛絨絨身後有如尾羽裝飾的長條布料都要驚恐地翹起來了。

毛茅對魔鏡女孩這個話題是真的沒半點興趣，也不打算要接觸。

然而事情往往出乎人的意料之外。

等到他們一行人回到宿舍，毛茅又聽到了「魔鏡女孩」這幾個字。

在林靜靜打給他的電話之中。

第四章

假日是適合賴床的好日子，換作以往，毛茅也很樂意在床上多躺一會的。

但是今天不行。

今天林靜靜會趕來櫻草市和毛茅見面，他們約在了一家連鎖咖啡廳見面。

在昨天的電話裡，林靜靜的聲音難掩焦慮。她說她的堂妹玩了魔鏡女孩的挑戰，然後在堂妹身上確實發生了一些難以解釋的怪事。

碰巧毛茅也在櫻草市，因此林靜靜第一個想到能幫忙的人就是他了。

他們約好早上十點半見面，林靜靜也會帶自己的堂妹過來。

設好的鬧鐘一響，毛茅便快速從床上爬起，短時間內完成了刷牙洗臉換衣服，他快步跑下樓梯，與霸佔在沙發上的黑琅說了一聲。

「毛茅，等一下，早餐！」廚房裡的凌霄趕緊探出頭，繫在腰間、綴滿小愛心的圍裙格外搶眼。

「謝謝爸爸。」

「要爸爸載你出去嗎？」

「等爸爸你的路痴毛病治好，我們可以再來討論。」

「那需要爸爸陪你搭車嗎？」

「不用啦。」毛茅三兩口將凌霄遞來的三明治吃下肚，再接過對方溫好的牛奶，咕嚕咕嚕一口氣灌下，最後舔去嘴角沾到的白漬，露出朝氣滿滿的笑容，「我出門了，晚點回來。」

「毛茅，確定不用爸爸陪你去那間咖啡廳嗎？」凌霄猶自不放心地又跟到玄關。

「真的不用啦，爸爸你該去的是櫻草分部吧？要早點帶金盞回來啊，我都還沒見過我的新妹妹呢。」毛茅認真地豎起手指，戳了戳凌霄的胸口。

昨晚凌霄歸來，卻仍是沒有帶回金盞。

根據凌霄所言，金盞的個性相當頑固，一鬧起脾氣，就算是十頭牛都拉不動。她說什麼都還要繼續待在櫻草分部，不肯隨他一塊回來。

當時一聽到凌霄這麼說，黑琅差點氣炸了。要不是毛茅抱住他不放，還有海冬青攔著，他說什麼都要衝到櫻草分部，給那個擺明拿喬、還跟毛茅槓上的金盞，一頓狠狠的抓撓。

「凌霄，你腦子進水了嗎？」黑琅破口大罵，「難不成真的想讓那個臭小鬼爬到毛茅頭頂上？你不懂得怎麼教訓，朕來！」

「你想太多了。有我在，誰都不可能爬到毛茅頭上，我會先把他踩下去。」凌霄那時是雲淡風輕地說，「我已經先揍金盞一頓了，她答應我，之後會乖乖回來。」

有了凌霄的保證，黑琅這才勉強壓下火氣。但看到對方那張臉還是火大，因此從昨晚開始，都是用自己胖乎乎的屁股墩對著他。

凌霄則壓根沒發覺到黑琅的小動作，在他看來，黑琅的頭跟屁股其實也沒什麼差別。

「毛茅，不然我還是……」凌霄不死心地又說。

「真的、真的、真的不用了，爸爸。」毛茅不給他有機會說完，笑得甜甜的，可語氣是不容置喙的強硬，「你要是跟過來，我今天就要把你踢出房間跟大毛睡了喔。」

「凌霄你還不趕快跟去！朕命令你，現在馬上！」黑琅迫不及待地高聲搧動。

凌霄哪可能讓黑琅如願。他沉默又哀怨地看了自己兒子毫不留戀出門的背影，然後挽起袖子，冷著臉決定去找那隻又蠢又胖的貓一決死戰了。

約好十點半在咖啡廳見面，林靜靜已經先到了。

毛茅踏進店面，涼爽的冷氣剛迎面吹拂過來，他就聽見一道熟悉的聲音熱情響起。

「毛茅，這裡、這裡！」林靜靜一看見毛茅馬上起身，朝對方揮了揮手。

林靜靜旁邊還坐了一個稚氣的女孩子，圓臉圓眼睛，黑髮綁成了丸子頭，眼鏡後的黑眼睛和林靜靜格外相似，都有著靈動的感覺。

只不過圓臉女孩的精神看起來不是太好，眼下有著一抹淡淡的青色，像是好幾天沒睡好覺了。

要不是林靜靜事先交代過，林又霜眞的會誤以爲在自己對面坐下的紫髮男孩，和自己一樣都是國中生。

那張臉甚至看起來比她嫩耶。

……也比她可愛太多了，嫉妒。

「毛茅，這是我堂妹，林又霜。」林靜靜替兩邊做了介紹，待服務生送上飲料後，主動提起今天的正事，「總之就是，我旁邊這個笨蛋，居然眞的跑去玩了魔鏡女孩的挑戰。」

「靜靜，妳說誰是笨蛋？」林又霜不滿。

林靜靜不客氣地瞪回去，「那妳說惹出事情的是誰啊？」

林又霜當即沒了聲音，垂頭喪氣，像隻可憐兮兮的小動物。

毛茅藉著喝飲料的動作，掩住了險些露出的笑意。他似笑非笑地投給林靜靜一眼，看得後者有些心虛。

林靜靜乾咳一聲，知道毛茅這是給她面子。

要說笨蛋，只怕她也得算在內了。誰讓她當初也衝動地跑去給魔鏡女孩發了訊息，唯一的差別只在於她發的訊息最後石沉大海。

而魔鏡女孩選上了林又霜。

林靜靜從自己的包包裡拿出了一本筆記本，打開來，內容是她事先做好的事件記錄，連時間軸也畫好了。

如此一來，毛茅就可以省下不少工夫。

林靜靜喝口茶，潤潤喉，等等她開始說明，想必得耗費不少口水。

只是她的嘴巴甫張開，緊接著就張成了O字形，就連一雙眸子也瞪得又圓又大，無比震驚地看著毛茅後方，「那……那不是……」

林又霜跟著看過去，接著換她目瞪口呆，當下像是失去了發聲能力。

「小不點，你怎麼會在這裡？」

太具有辨識度，以致不會錯認的華麗嗓音猛地落下，一隻手同時自後按上了毛茅的腦袋，揉了揉他的頭髮。

不用回頭毛茅也明白了，爲何林家姊妹會不約而同地呆住。

事實上，不只是林靜靜和林又霜。

可以說整間店都陷入一種古怪的安靜當中，所有人像被攝去心魂，目光透出痴迷地看著同一個方向。

就在毛茅身後，佇立了高挑的一男一女。他們容貌相似，同樣有著桃紅色寶石般的眼睛，白金色、奢華絲綢般的髮絲，瓷白無瑕的肌膚。

用一句話來形容，就是他們的美貌像會發光。閃亮得讓人無法直視，卻又忍不住要多看一眼。

「社長，說過幾次了……男人的頭不能亂摸，萬一長不高你要賠我嗎？」毛茅嘆口氣，把在自己頭上作亂的手給抓下來，這才轉過頭，在瞧見時玥雪也在時驚訝地笑開來，「嗨，時玥雪。」

「您好，毛茅。」時玥雪露出淺淺的笑，眸裡流轉著明亮動人的光采。

林靜靜和林又霜看得嘴巴都閉不攏了。怎會有這麼漂亮的女孩子啊……這根本是小仙女了吧？美得不像眞的！

林靜靜比起堂妹畢竟還算見過世面——開玩笑，她也是常常和高甜見面的人，大小姐的美貌看久了，也算是對美人有一些抵抗力——她沒一會就找回自己的聲音。

「社、社長，你們怎麼會在這？」

雖然聲音還有點抖……實在是被時家兄妹加成的殺傷力給震的。

「你們能在這，爲什麼我們不能在這？來咖啡店當然是來喝咖啡吃東西的，不然呢？」時衛嫌棄地睨了一眼，「林靜靜，妳今天穿得……」

「哥哥，您還是閉嘴吧。」時玥雪微微一笑，一腳不客氣地重踩上時衛的鞋子。

林靜靜用膝蓋想都能知道，時衛說出口的鐵定不會是好話，反正就是穿得醜啦、配色沒格調啦、傷他眼睛啦。

「靜靜、靜靜……」林又霜早就忘了今天的重點，她小聲又激動地猛揪著林靜靜的衣角，「這帥哥也長得太好看了吧！是你們學校的學長嗎？」

「對……」林靜靜完全可以理解林又霜的心情，時衛那張臉眞的太犯規了。

「學、學長，你好，我是靜靜的堂妹。」今年才國二的女孩紅著臉，結巴又興奮地問，「你覺得國中生怎樣，適合當女朋友嗎？」

「沒興趣，不適合。」時衛漫不經心地說，「太醜。」

誰都沒能來得及阻止時衛說出最後兩個字。

林又霜笑容僵住，彷彿一時反應不過來眼前的超級美青年說了什麼，「什……什麼？」

看在林又霜是林靜靜親戚的份上，時衛特地多解釋了一句，「在我看來，長得不如我的都叫醜。」

「啊啊，社長我求求你了！你就當一個安靜不說話的美男子吧，你不說話沒人會怪你的！」林靜靜後悔自己最初沒直接把桌上的點心塞進時衛的嘴巴裡。

最起碼時衛不說話，還不會激起別人對他的殺意。

「我有說錯什麼嗎？」時衛微擰起眉頭，「我只是實話實說。難不成妳覺得這裡有人長得比我還好看嗎？」

「是沒有……」但還是想痛揍他一頓怎麼辦？林靜靜絕望地抹了把臉，唯一慶幸的是時衛說話聲音不大，僅有他們這一桌的人能聽見。

否則時衛就要成了全民公敵，他的那番發言根本是地圖炮啊。

林又霜表情呆滯，一顆少女心碎成片片，一時半會間都黏不起來。她堂姊的這個學長，嘴巴怎麼那麼……等等，她堂姊剛才是不是還喊他社長……社長？

林又霜霍地回過神來，顧不得還沒黏起的少女心，她瞪圓了眼睛，「靜靜，他就是妳說的除魔社的社長嗎？那個對一些神祕現象有研究的神祕社團？」

時衛瞇起眼睛，視線在毛茅等人之間流轉一圈，再次開口便語出驚人，「你們碰上麻煩了？」

「社長你怎麼知道？」林靜靜大吃一驚，他們明明什麼都沒說。

「不管如何，我個人建議我們先換個……適合點的地方，再繼續談吧。」毛茅眞誠地說。

聞言，眾人跟著環視一圈，發現店內客人甚至店員都不停地偷偷瞄向他們這一桌，一致同意了這個決定。

毛茅他們轉移了陣地，來到另一間設有包廂的咖啡店。

隱私度極高的包廂可以讓他們好好討論事情，更可以阻擋來自外界的熱切目光。

林靜靜只想感歎，時家兄妹的美貌眞是罪過。

這還是林靜靜第一次見到時玥雪，對方除了出眾的容顏讓她看呆之外，最讓她震驚的莫過於……

時玥雪的情商根本碾壓時衛啊！

相比之下……算了，還是別比了，怪不得花梨學姊總說社長的心智年齡才三歲。

發現自己和毛茅相處久了，思緒容易跑偏，林靜靜趕緊將注意力重新拉回，放在目前的重點上。

——魔鏡女孩。

不過在討論之前，林靜靜還是忍不住有個問題想問。

「社長，你是怎麼知道我們碰上麻煩的啊？」

「對啊、對啊。」即使不久前才遭受時衛言語上不留情地打擊，但看著那張臉，林又霜又覺得能原諒他了。她跟著林靜靜和毛茅一起喊社長，「社長，你是怎麼知道的呀？」

「林靜靜不會無緣無故帶自己的堂妹跟小不點見面。」時衛指尖隨意輕敲桌面，「而妳，國中生，妳想到除魔社，第一印象是這是個對神祕現象有研究的神祕社團。這很有可能是妳生活中碰上了什麼難以解釋的事，才會讓妳最先跳出了這個認知。」

「否則應該先有什麼認知才對？」林又霜虛心求教。

「最好看。」時衛斬釘截鐵地說。

在座的人還真的無法反駁。

「小雪，手機。」時衛朝自家妹妹伸出手。

「我相信哥哥您自己就有一支。」時玥雪的言下之意就是「用自己的，她的不外借」。

「我的在跑遊戲。我要查點東西，所以妳的借我。」時衛理所當然地說。

林靜靜不確定是不是自己的錯覺，她看見時玥雪將手機塞給時衛的力道，像拿著劍在戳人一樣，似乎巴不得狠戳到時衛臉上。

在轉移陣地的路途，林靜靜已經向時衛他們講述過魔鏡女孩的挑戰的遊戲內容。

現在再加上林靜靜準備的筆記本，可以讓眾人更快進入狀況。

林又霜喝了一口珍奶，盡量不讓視線對上時家兄妹，免得不知不覺又被他們驚人的美貌勾去心魂。

這時她不禁敬佩起自家堂姊的鎮定。靜靜到底是怎麼做到心如止水的境界啊？

假如林靜靜能聽見自家堂妹的心聲，那麼她就會沉痛地告訴對方，只要多讓時衛張嘴說話，對他的憧憬就會碎成渣渣，然後每次都恨不得暴打他一頓。

林又霜深吸一口氣，略帶緊張地開始敘述這幾日的經歷。

「我……我也只是一時好奇，聽身邊同學說現在流行這個，魔鏡女孩的挑戰很有趣又很刺激，成功的話，還能獲得很棒的獎勵。因爲大家都在玩啊，所以我就忍不住也找上那個網站。網站上還有放一些挑戰者的自拍影片，我看過了，感覺不是什麼很難的挑戰，就傳了訊息過去。我本來以爲不會被選上的，因爲我同學她們都沒被選上……」

林又霜好幾次都會忍不住想，爲什麼就偏偏是自己被魔鏡女孩選上呢？她只是很普通的國中生。她也私下發訊問過魔鏡女孩，但是對方只有在發送指令的時候才會聯絡她，其他時間都毫無回應。

「然後有一天，魔鏡女孩突然聯絡我。起初她傳了一些嚇人的圖片，就是很像鬼片、恐怖片裡會出現的那種……發了大概兩天還三天，才開始給出指令。她首先要我一天喝三杯咖啡，連喝三天，還要證明眞的有完成挑戰。再來是半夜自己一個人看恐怖片，凌晨四點多的時候溜出門，到外面晃個十分鐘……」

林又霜逐一細數自己和魔鏡女孩這些天接觸的過程。

到這裡爲止，聽起來都是些無傷大雅的小挑戰，而且還會讓人覺得刺激。

「但後來，就變得有點奇怪了……」林又霜吞吞口水，原本開朗的聲音也漸漸染上畏懼。

「魔鏡女孩要我把水倒在朋友的書上，還有要我把自己的手臂捏出瘀青，再來是拿針在手指上戳一下……」

「妳都做了？」毛茅問。

面對那雙金澄的大眼睛，林又霜莫名感到有絲心虛，她小小聲地說，「做、做了……但是弄濕書之後，我馬上又買了一本新的賠給我朋友，也、也有跟她道歉……我覺得弄壞別人的東西太讓人良心不安，如果接下來的挑戰還是類似這樣的，我就不玩了。」

「沒想到魔鏡女孩又把目標轉回到她身上，然後她就傻傻地又玩下去了。」林靜靜無奈地說。

林又霜的頭越垂越低。

「然後是不是又來了一個新指令，內容超乎妳的承受，妳才會向妳的堂姊求助？」時玥雪推論道。

林又霜猛地抬起頭，眼睛瞪圓，「妳怎麼知道？」

「只有沒帶腦子的人這時候還猜不出來。」注意力似乎都投注在手機上的時衛冷不丁開口，「雖然長得沒有到平均值，但智力這種東西，總該要有到平均值吧？」

明明時衛沒有針對誰，可在場的林靜靜和林又霜都覺得膝蓋像中了好幾箭。

林又霜總算明白，為什麼自家堂姊會希望他們社長盡量當一個安靜的美男子了。那張嘴巴，就算他再帥，也讓人恨不得能暴打他一頓。

不過林又霜可沒這膽子，她戰戰兢兢地繼續說下去，「最新的指令是在前天傳過來的……魔鏡女孩要我、要我……」

林靜靜不忍地握住林又霜的手，希望能給堂妹一點安慰的力量。

林又霜眼一閉，一鼓作氣地把堵在喉頭的話全傾倒出來，「要我在自己手上，割四刀。」

「妳沒做吧？」毛茅稚氣的臉蛋覆上嚴肅。

「沒有、沒有，我根本不敢……」林又霜猛烈搖頭，聲音透出哭腔，「我不敢再玩下去，把魔鏡女孩封鎖了。可是昨晚我房間的落地窗外卻被寫了字，上面寫著『遊戲還在繼續，挑戰還沒結束』。」

林又霜抱著雙臂，打了一個哆嗦。

「我們家，在八樓啊……」

遊戲還在繼續，挑戰還沒結束。

那一排刺目又紅艷艷的字，讓林又霜嚇得當場腿軟，她起初以爲那是血，後來發現是用口紅寫上去的。

但這並沒有讓她稍微安心一點，反而令她更加覺得毛骨悚然。

他們家住在八樓，究竟誰有辦法從外面在她的落地窗上寫上那排紅字？還有「遊戲」、「挑戰」這幾個關鍵字，也讓她反射性想到了魔鏡女孩。

林又霜連忙將魔鏡女孩從黑名單裡拉出來，她寧願從手機裡得到通知，也不想再看見窗戶出現紅字。

她是獨生女，第一時間想到的是要告訴父母發生在自己房間的事，但如此一來，她就得老實交代出她私下參加了魔鏡女孩的挑戰。

想到自己爸媽稱得上凶殘的戰鬥力，林又霜根本不敢向他們坦承，她絕對會先被罵得狗血淋頭。

「也就是說……妳怕被妳媽拿蒼蠅拍追著打，所以只好偷偷找上林靜靜幫忙？」聽完大致過程的時衛總算抬起頭來。

「對、對……」林又霜縮著肩膀，想努力縮減自己的存在感，不敢直視那雙像寫著「妳是豬腦袋嗎」的桃紅色眼睛，「其實……其實我還怕被我爸拿著雞毛撢子，來個聯合雙打……」

「我媽則是會拿衣架。」林靜靜心有戚戚焉地說。

「我爸爸……」毛茅歪了歪頭，「唔，他每天都想著要幫我揍人。」

包廂裡出現片刻的沉默。

林靜靜想著原來毛茅的養父才是最凶殘的那個；時玥雪想著該找時間去拜訪毛茅的家長了；時衛只想著把這件事速戰速決，他還要打遊戲。

「然後林靜靜也不知道怎麼辦，所以就找上小不點了？」時衛把一切都兜攏在一起了，「小不點，你的看法呢？」

「目前還沒有看法。」毛茅也不托大，坦然地說，「從線索來看，似乎是魔鏡女孩在針對她的玩家，要人把挑戰繼續下去。但重點是，那個魔鏡女孩到底是什麼人？」

「是鬼吧？我覺得肯定是鬼魂作祟！」林靜靜最近又看了不少鬼片，忍不住這麼斷定。

於是時衛那彷彿寫著「妳是豬腦袋嗎」的目光，頓地轉向了林靜靜。

「哥哥，您還是玩您那毫無助益的遊戲吧，當個美化環境的背景板就好。」時玥雪微微一笑，讓林靜靜在注意到時衛的視線前，先望向自己這邊，「靜靜，幽體是不可能做到那些事情的。」

「幽體只是純粹能量，最多是能量滿溢了會往外釋放出來，形成大眾眼中的靈異事件。」毛茅背誦著以前關依月教導他們的關於幽體的知識。

「啊！」林靜靜也意識過來自己想岔了，懊惱地按著額角，「對喔……」

不具備意志的幽體就算擁有力量，也不可能有目的地跑去針對某個人，更別說策劃出魔鏡女孩的挑戰這整個遊戲。

「啊，那個……」林又霜不好意思地舉手打斷交談，面色微紅，「我想去上個廁所。」

待林又霜暫時離開包廂，林靜靜忽地又想到另一個可能，「社長，我堂妹碰到的事……會不會跟魔女有關呀？」

不能怪林靜靜冒出這個想法。前陣子魔女肆虐，不少學生都成爲她們盯上的獵物，其中又以女性居多。

「妳堂妹確實有契魂。」時衛的一句話讓林靜靜的心都提了起來，但下一句又讓她驟然鬆了一口氣，「不過沒成熟，也不用擔心會有魔女盯上她。」

經歷心情大起大落的林靜靜拍拍胸口，「社長，下次拜託你能不能一口氣說完，還有不用擔心魔女會盯上她是什麼意思？」

「意思就是最後一位魔女已經被消滅啦。」毛茅笑咪咪地說，他的笑臉總讓人感到放鬆。

林靜靜對冰雪女王的存在並不知情，自然也不知道魔女誕生的眞相。此時聽毛茅這麼說，她也沒有多加懷疑，暗自把魔女這個選項在心中畫了叉叉。

「如果不是幽體、不是魔女，那還會是什麼呢？」林靜靜煩惱地嘆口氣，「我們抓得到魔鏡女孩嗎？」

「不知道。」時衛將向時玥雪借用的手機擺至桌上，向前一推，讓其他人可以看見螢幕。

時衛以魔鏡女孩爲關鍵字搜尋，最後在IG上找到最多相關帖子。

那些帖子會打上「魔鏡女孩的挑戰」的標籤，有的還會放上自己挑戰成功後獲得的獎品，有包包、手鍊、鞋子，或是其他中高價位的物品。

毛茅滑動著螢幕，邊看照片邊估算。挑戰者很多，而成功的目前約十幾位。但沒人知道是不是有更多挑戰者躲在那些設定不公開的私人帳號裡面。

「有玩這遊戲的……」毛茅注意到不少照片或帳號頭像的關聯性，想起了項冬他們曾提過的玩家年齡層，「好像都是以國高中生爲主？高中生也有，但比較少。」

「眞的耶。」林靜靜接過手機，想要找看看有沒有人提到最終挑戰。

「不用看了。」時衛似乎一眼就看穿林靜靜的心思，「我找過了，沒人提到他們最後一個挑戰是什麼。不管魔鏡女孩的眞面目是什麼，先叫妳堂妹收手別玩。」

「也許，保密也是他們能獲得獎品的其中一個條件？」時玥雪從林靜靜手上接回手機，「哥哥，您覺得需要私下去聯繫這些人嗎？」

「我沒興趣跟那些中二小屁孩說話。」

「您這樣說就不對了，您不是比他們還要幼稚嗎？我上次才聽花梨學姊說過，您才三歲呢。」

「三歲？誰三歲？」林又霜從廁所回來包廂，就聽到這個字詞。

「沒事、沒事，妳聽錯了。」林靜靜覺得好歹要替他們社長維持一下面子，「又霜，我們討論了一下，總之妳就先別管魔鏡女孩。」

「啊，好……」

「靜靜。」毛茅主動提議，「等等我陪妳們回去吧，剛好也能檢查一下周圍。」

「小雪，妳跟著小不點一塊過去。」時衛向自己的妹妹交代，潛含意就是要她順便留心林又霜的住家附近，看是否有黴斑生成。

林又霜的契魂說不定哪一天就成熟了，先不管魔鏡女孩，起碼要確保她家外面不會隨時誕生污穢。

「就算您不說，我也打算這麼做的。」時玥雪自是明白兄長的言下之意。

林又霜按著胸口，不敢相信自己居然這麼好運，還能被一位絕世美少女送回家。

「靜靜，太幸運啦！」林又霜和林靜靜咬著耳朵，「美少女要陪我回去耶！」

「是陪我們……還有眞不好意思喔，妳姊姊就是平凡路人甲。」林靜靜白了她一眼。

「沒有啦，靜靜在我心裡也是……嗯，普通美少女。」

「打妳喔。」

林靜靜故作惱怒地舉起拳頭，但看見堂妹一掃先前陰霾，心情也跟著愉快起來。她搶在眾人前面跑去櫃台買單結帳，接過發票、準備走出去和大夥會合的時候，眼角碰巧捕捉到一抹亮麗的身影。

黑髮黑眸的美麗少女坐在窗邊位子上，如鴉羽烏黑的長髮披散在肩上，越靠近末端，髮絲的鬈曲弧度越大。她托著下巴，目光直勾勾地看著窗外，宛如外面有什麼吸引了她的注意力。

林靜靜好奇地順著黑髮少女的視線看過去，發現正好對上了正與自己堂妹說話的毛茅。

也就是說……美少女在看毛茅嗎？林靜靜的八卦心馬上燃燒起來，她趕忙跑出店外。

「毛茅、毛茅。」林靜靜竊笑地說，「你知道我剛看到什麼嗎？店裡有一位超級美少女，可能還差大小姐一點點點……但重點是，那位美少女緊盯著你不放耶！」

「有心懷不軌的人盯著毛茅不放嗎？」時玥雪臉上猶帶柔美笑意，可眼神即刻犀利地往回射過去，然後轉爲困惑，「靜靜，好像沒人呢。」

「咦？哎？」林靜靜跟著訝異地回過頭。

先前還端坐著黑髮少女的窗邊座位，如今一個人也沒有……

無論是林靜靜還是林又霜，都慶幸還好這趟回家的路上有毛茅。

雖說時玥雪溫柔和善，與時衛的低情商簡直差了十萬八千里，但她們倆就是不由自主地感到一絲拘謹，連說話也不敢太大聲，就怕一不小心把這位小仙女給嚇跑了。

「靜靜，毛茅都不會覺得……」林又霜和林靜靜說起悄悄話，「和絕世美少女說話壓力很大嗎？」

林靜靜看了一眼神色自若的紫髮男孩，也以同樣微小的音量回話，「『壓力大』三個字，在毛茅字典裡恐怕是不存在的。」

打從認識毛茅以來，林靜靜在那張可愛得讓人想捏一把的臉蛋上，從未看過一絲慌亂出現。似乎不管面對什麼狀況，他總是能遊刃有餘、臨危不亂。

「也難怪毛茅和大小姐相處得那麼好呢……」林靜靜感歎道。

「大小姐？誰誰誰？聽起來又有八卦耶。」

「以後有空再跟妳說啦。少八卦，多唸書。」

「靜靜，妳說這個特別沒說服力耶……」

裝作沒聽見堂妹的吐槽，林靜靜轉而跟毛茅說，「毛茅，再前面一點就是又霜的家了。那個路口過去，有一棟粉白色的大樓，陽台種很大一叢九重葛的那棟就是了。」

「妳們現在睡的房間，是對著路邊這側嗎？」毛茅問。

林又霜點點頭，「對，九重葛的再隔壁兩間……再往上數，八樓就是我家了。」

「我知道了，那妳們先進去吧，我和時玥雪在附近走一圈，看會不會有什麼發現。」

「好，那就拜託你們了。」

「靜靜，我們不用留下來？」

「讓專業的來吧。我們就先回去，別打擾人家了。」

和林靜靜、林又霜揮手道別，毛茅環視四周，中午時間陽光燠熱，路上沒什麼人，「時玥雪，妳覺得我這時候一鍵換裝，別人看到了應該只會以為我在玩COSPLAY吧？」

「應該是，但您為什麼……」時玥雪話語一頓，霍然想起身邊的紫髮男孩是隱性，而且契魂還沒成熟。

他必須藉助外物，才能看見污染黴斑的存在。

「您不須要換裝，交給我就行了，我很開心能幫上您的忙。」時玥雪眉眼躍上愉悅。

「好喔，那就麻煩妳了。」毛茅開了手機地圖，鎖定林又霜的住家位置，再將地圖放大，

「我們就從這邊開始看好了，然後這樣走一圈……」

時玥雪的視線忍不住被螢幕上遊走的指尖吸引了注意力，覺得那手指不知道爲什麼就是看起來好可愛。

「時玥雪，妳覺得呢？」

「我覺得，毛茅您可以直接喊我玥雪或小雪。連名帶姓叫，聽起來好像太生疏了。」

「也是啊……那就玥雪啦。」毛茅露齒一笑。

時玥雪跟著笑起來，心裡像有蝴蝶在振翅。

依照毛茅最初的規劃，他們先沿著林又霜住的公寓大樓外走了一圈，接著再把巡視範圍往外擴大。

還眞的就被時玥雪找到了黴斑。

紫黑色的污染痕跡散落在人行道的花壇之間，還不只一處。

時玥雪眉頭微蹙，「有孢子囊藏在這，黴斑的污染程度看起來有點嚴重，很可能再過個幾天就會導致污穢誕生。」

「聽起來不太妙啊，還是先直接刷掉比較保險吧。」毛茅二話不說召喚了自己的清潔用具出來。

「那毛茅您還是先別換裝，由我來告訴您該刷哪邊好嗎？」時玥雪提出了辦法，跟著也召出長柄刷型態的仿生契靈。

「喂！你們想幹嘛？」突然響起的高喊打斷了兩人的動作。

毛茅握著長柄刷，扭頭看向了聲音的來源處。稱不上熟悉，但也不能算全然陌生的人影撞進他視野中。

「毛茅，您認識他們？」時玥雪從毛茅的表情看出端倪。

毛茅點頭，「在櫻草分部見過一次，記得是櫻草除污社的幹部，名字叫、叫……對了，杜伏苓和姜連翹。」

「榴華的實習生，你拿出刷子是想……唔哇！哇！」杜伏苓吸了一口氣，目光黏在時玥雪臉上。

就算同為女孩子，姜連翹也跟著看呆了半晌，隨即才找回自己的聲音，「這眼睛和頭髮的顏色也太華麗、太漂亮了吧……而且和榴華除魔社的時衛好像。」

「他是我哥哥。」時玥雪說。

「妳也是榴華的？」杜伏苓改看向時玥雪手上的刷子，這種極具特色的長柄刷只有除穢者和實習生才會有。

「不，我是蜚葉除污社的人。」時玥雪否認道。

「原來如此，初次見面妳好。」姜連翹話鋒倏地一轉，「不過不管是榴華還是蜚葉的，在櫻草市裡，這邊就是我們櫻草除污社負責的地區，你們不能隨便插手，懂嗎？」

「但這裡的黴斑看起來快成熟了。」時玥雪說。

「那我們就會把它們刷掉。」姜連翹加重了前幾個字的語氣，「就算毛茅你爸爸是協會的前部長，也不能隨便破壞規定。」

「連翹說的對。」杜伏苓附和著，「反對特權啊。所以不管是榴華還是蜚葉，都要麻煩你們離開這裡，別故意搶我們的工作啊。」

「就是這樣，請。」姜連翹擺出一個送人的手勢。

毛茅和時玥雪對視一眼，最終還是收起了掃除工具。按照海冬青之前所說的，他們確實不方便插手別校除污社的社團工作。

杜伏苓和姜連翹待在原地，雖然臉上是笑咪咪的，但就像在無聲表達驅趕。

毛茅和時玥雪只好轉身離開。

可走沒幾步路，毛茅再次感覺到昨晚出現過的視線感。他本能地轉過頭，杜伏苓和姜連翹仍在後方，卻是湊在一起說著話，並沒有看向他。

被人注視的感覺沒有消失。

毛茅若有所思地托著下巴，即使沒看到人，但他眞眞切切地感受到，眞的有人在盯著他。

這種感覺一直到他們離開林又霜住的大樓附近，才漸漸消失……

隔日一早，突來的搖晃讓林靜靜猛地張開了眼睛。

滿室大亮的陽光讓她反射性先抬手且瞇了下眼，再迷茫地轉頭往旁一看，想知道是誰把她從睡夢中搖起來。

林靜靜看見的是林又霜緊張的臉。

林靜靜眨了幾下眼，隨即動作迅猛地從床上坐了起來。

她怎麼睡著了？她明明應該要熬夜不睡的啊！

還沒等林靜靜從懊惱中回過神來，林又霜又焦慮地推推堂姊。

「靜靜，妳看那個……妳昨天半夜有去拿東西進來吃嗎？」

「啊？沒有啊……我半夜不吃東西的，太容易胖。」林靜靜滿滿不解，順著林又霜手指比著的方向望過去。

書桌上，擺了一顆紅豔得過分的蘋果。

那蘋果還被人咬了一大口。

林靜靜呆愣住，看看蘋果，又看看自己的堂妹。

「又霜，妳吃的？」

「什麼？不是，才不是我！我起床就看到那個擺在桌上了！」

「會不會是妳媽放的？」

「我不知道啊……而且我媽為什麼要把咬過的蘋果放在我房間裡？」

「呃，總不會是擺桌上忘記拿走了吧……」

林靜靜說著連她自己都不相信的猜測。她和林又霜對視一眼，在彼此眼中看見不安，她們都深怕這顆蘋果跟魔鏡女孩有關聯。

下一秒，林又霜急忙跳下床，連刷牙洗臉都無暇理會了，「我去問我媽，看這蘋果是誰放的。」

「那我……先拍個照記錄好了。」林靜靜猶豫了一下，還是抓著手機到書桌前拍照。

蘋果看起來很普通，但假如無緣無故出現在自個兒房裡，還有著被人咬一口的痕跡，那就顯得毛毛的了。

林靜靜還真寧願是她嬸嬸忘記拿走的。

吐出一口氣，林靜靜先去刷牙洗臉。浴室在房間裡就是方便，不用擔心剛起床的蓬頭垢面被別人看到。

然而當林靜靜打開浴室門，霎時只覺得自己的心臟要停止跳動了。

洗手台上方的鏡子，寫著一排紅色的字。

這次我先幫妳了。

抱持著揉合了驚恐的困惑，林靜靜靠近洗手台，戰戰兢兢地摸了摸鏡子上的紅字，發現就和林又霜之前曾在八樓窗戶上看到的字一樣，都是用口紅寫上去的。

幫妳？幫誰？又是做了什麼事？

但、但重點是……到底是誰有辦法潛入這裡？

林靜靜掩不住臉上逐漸增加的駭然，她瞪著鏡子上猶如不祥訊息的紅字，然後衝出去拿了手機拍照存證，再果斷地將那些字擦拭乾淨。

如果讓林又霜看到的話，她一定會嚇得哭出來。

林靜靜不想再讓堂妹飽受驚嚇，確定將口紅寫的字都擦掉後，她鬆了一口氣。但很快地，她反應過來這口氣鬆得太早了。

因爲房外傳來了尖叫。

那是林又霜的聲音。

第五章

毛茅是在睡夢中被電話吵醒的。

起初他沒意識到那是自己的手機鈴聲，只在迷濛中想著爲什麼他準備吃的洋芋片會唱歌。

還越唱越大聲，最後所有洋芋片張嘴一起來個大合唱。

即使毛茅再怎麼熱愛洋芋片，面對這些簡直像下一秒就會邊歌唱邊把自己埋在最底下的洋芋片合唱團，他還是瞬間一個激靈地嚇醒了。

瞪大著金黃色的眼睛，毛茅的腦袋裡似乎還有徘徊不去的歌聲，一時半會間他只能怔怔地看著布滿紅蘿蔔圖案的天花板，想著自己是誰，自己在哪，等等要幹什麼。

扔在旁邊的手機還在鍥而不捨地響。

毛茅終於想起來自己是在櫻草分部借給他們暫住的宿舍裡了。

將腦中的三大哲學問題一把揮開，毛茅迅速彈跳起來，手臂急急往前探伸，抓住了依然響個不停、彷彿來電者有什麼十萬火急之事的手機。

衝進毛茅耳朵裡的聲音聽起來也的確是十萬火急。

「毛茅、毛茅！出事了！出事了！事情不得了了！」林靜靜急吼吼地在電話裡喊。

毛茅不得不將手機拿離耳朵一些，「靜靜，早……怎麼了？」

「不早了。」林靜靜也不給毛茅回話的時間，劈里啪啦就是一頓話砸下來，「你現在能不能立刻出來？能吼！你還記得我堂妹、又霜她家嗎？旁邊有座小公園，我們上次有經過的，我們在那邊等你，你快來！」

「喂？靜靜？靜靜！」毛茅總算從那一大段話裡理解出林靜靜的意思，可另一邊已經匆匆結束通話。

看著結束通話後的手機螢幕，毛茅沉默了一秒、兩秒，接著飛快起床，以最快速度打點完畢，趕往林靜靜說的那座小公園。

毛茅聽得出來，林靜靜的語氣真的焦急萬分。

她們那邊一定是發生問題了。

好在趕過去的路途相當順利，距離林靜靜打來電話不到二十分鐘，毛茅就出現在約好的小公園裡了。

假日的小公園裡，可以看見幾個小家庭來這蹓小孩，玩沙區和遊樂器材區是最受歡迎的地方。

卻沒有看見林靜靜和林又霜的身影。

毛茅疑惑地繞了一圈，把不算大的小公園都走了一遍，還是沒發現她們。

「還沒來嗎？」毛茅喃喃自語，正準備拿出手機聯繫，就先聽見一串氣急敗壞的喵喵聲。

毛茅一回頭，映入他眼中的赫然是一隻大胖黑貓，金黃色的眼睛裡燃著熊熊怒火，那張黑臉上彷彿還能看見大大的幾個字。

朕，超不爽。

「大毛？」毛茅是眞的嚇了一跳。他出門時只來得及對屋內喊了一句「要出門了」，連黑琅他們的面都沒見到，沒想到黑琅居然追著自己過來了。

礙於旁邊還有一般民眾，黑琅張嘴只能喵喵喵。

「喵吼！」朕在後面苦苦追趕，你竟然都沒發現朕的存在？

「喵喵喵喵！」朕簡直要被你傷透心！

「喵嗷嗷！」晚上不加菜，朕是不會原諒你的！

毛茅這一次和黑琅的電波頻道奇蹟似地接上了。

「唔，還眞的完全沒注意到你在後面呢……」毛茅說，「不過加菜是不可能的，大毛你還是放棄吧。除非你打算犧牲自己，爲今晚的晚餐加菜。」

黑琅低低地嘖了一聲，他好不容易才養出這身肉，怎麼可能讓別人吃掉呢？

毛茅彎腰將黑琅一把抱起，找了個人少的位置，「大毛，你跟過來要幹嘛？」

「廢話，當然是避免朕的鏟屎官在外面被人欺負。要不是朕趁機踹了凌霄的臉，拔得頭籌，還警告他太黏人的爸爸只會被青春期兒子討厭，不然那個混蛋就要硬跟著朕一塊過來了。」見四下無人，黑琅也不再喵喵叫。

「由衷地感謝你。」毛茅可不想自己到哪都得被迫帶著一個爸爸，「那後來呢？」

就毛茅所知，凌霄可不是那麼輕易就放棄的人。

「喔，櫻草分部那又來電話了，找凌霄過去幫忙實驗指導。」黑琅說，「都來到門口接人了，朕就順便告訴他，要認眞工作才會討兒子喜歡。」

「大毛你眞是做得太好啦。」毛茅舉高黑琅，將臉埋進他的肚子裡深深地吸了一口。

「也不看看朕是誰。」黑琅掩不住地得意。

吸貓吸夠的毛茅放下黑琅，他可沒忘記來這裡的目的，「我打個電話給靜靜，問她……」

毛茅握在手上的手機再次震響起來，螢幕上跳出的名字就是林靜靜。

「喂？」

「毛茅，你到了嗎？我沒看到你，你該不會迷路了吧？要不要我去……」

「我到了喔，靜靜。啊，我看到妳們了！」毛茅眼尖，一下就捕捉到熟悉的兩道身影，

「靜靜妳向後看……再往左邊，左邊一點……」

照著毛茅的指示，林靜靜帶著林又霜順利與毛茅他們會合。

「黑琅你也來了？」林靜靜吃驚地看著毛茅腳邊的黑貓。

「喵。」黑琅紆尊降貴地和林靜靜打著招呼。

林又霜是第一次看到黑琅。縱使她精神不濟，眼眶還紅紅的，像是出門前哭過，但一見到那團胖乎乎的黑影，還是忍不住震驚地瞪大了眼。

「這是、這是……毛茅你養了寵物豬嗎？」

「噗！」這是憋不住笑的林靜靜。

「喵嗷！」這是暴怒得炸開一身毛的黑琅。

「不是喔，大毛是貓，怎麼看都是貓吧。」毛茅笑著說，隨後關切地看著林又霜，「妳還好嗎？發生什麼事了？妳的眼睛……」

「我、我……」被毛茅這麼一問，林又霜頓時又想起今早的事，剛剛看到黑琅而放鬆一瞬的心情再次緊繃起來，眼眶更是又紅了一圈。

「我來說吧。」林靜靜的表情也轉爲沉重，「今天早上又霜醒來之後，發現自己手背上突然出現了一道傷口。」

「會不會是不小心弄出來的，但之前沒發現？」毛茅提出一個可能性。

「不是，才不是！」林又霜想也不想地激動搖頭，「我再怎麼不小心，也不可能在手上割出一個方形圖案啊！」

深怕毛茅不相信自己的話，林又霜拉起蓋著大半手背的外套袖子，露出右手背上的傷口。

毛茅湊近一看，眉頭不自覺擰起。

一、二、三、四，總共四道割傷。

已經擦了藥膏的傷痕很淺，但看起來就像是被人拿著利器在上面割出一個長方形。

黑琅靈活跳躍，爬上毛茅的肩膀，跟著居高臨下打量林又霜的傷。

那怎麼看都不像無意的割傷。

「喵？」*怎麼回事？毛茅你早上急著衝出來，就是爲了這件事？*

毛茅撓了下黑琅的下巴，要他先安靜看著，「可以告訴我更詳細一點的經過嗎？」

「嗯……」林又霜沙啞地說起自己今早的發現，「其實不只是多了傷口，我今天一起床還發現桌上被放了一顆蘋果……但我很確定我昨天根本沒帶蘋果進房間。」

「這點我可以幫忙作證。」林靜靜說，她在林又霜家都是和對方睡同個房間的，「照理說房裡要是有什麼動靜，我應該也會察覺到，但是昨天不知道爲什麼睡得特別沉……」

「我本來還以爲是媽媽拿進來的。」林又霜說，「可是媽媽也說沒有，還問我怎麼手上弄傷了，我才注意到……」

「我們才注意到又霜的手受傷了。」林靜靜的語氣透露濃濃的懊惱，「都是我的錯，我本來應該要熬夜撐整晚，但還是睡著了……結果根本不曉得房裡發生過什麼，是誰進來過……」

「是魔鏡女孩，一定是魔鏡女孩……」林又霜白著臉，顫顫地說，「因爲上一個指令就是要我在手背上割四刀。我沒有照做，她現在親自來動手了，她親自來動手了……」

林又霜看著自己一夜之間平空出現的傷口，越看越害怕，越想越覺得這才是眞相，眼裡漫上一層霧氣。

林靜靜心裡一緊，更不敢現在就告訴林又霜在洗手台鏡子上看見的紅字，她怕自家堂妹眞的會情緒崩潰。

就在這時候，林又霜的手機無預警一個震動，代表收到訊息的提示音響起。

她反射性拿出手機一看，本來就白的一張小臉，這下子血色全褪。她就像被火燙到一般，猛地丟開手機，臉上是滿滿的恐懼。

「又霜！」林靜靜被堂妹的反應嚇了一跳，趕忙將對方扔掉的手機撿回來，螢幕上正好還停在林又霜剛才點開的畫面。

林靜靜瞳孔驟然收縮，抽了一口冷氣。

「靜靜，怎麼了？」毛茅也顧不得會否侵犯他人隱私，趕緊拿過林又霜的手機一看究竟。

映入眼底的文字，讓毛茅和黑琅眼裡閃過厲色。

魔鏡女孩的LINE再次傳來新指令，內容看起來讓人忍不住覺得毛骨悚然。

上一個我代勞了，我希望下一次不會再是由我來。新挑戰是在自己腿上割出十公分長的傷口，或是剪下一個高中男生的十公分頭髮。

「喵！」這什麼鬼？傳訊的人腦袋有毛病嗎？

「沒毛病就不會傳這種訊息過來了。」毛茅平靜地說。

黑琅可以嗅得出那語氣下的風雨欲來，他的鏟屎官現在很不高興。

「毛茅，你怎麼看？」林靜靜這下更篤定自己是絕不會提起鏡子上有字的事，免得成爲壓垮林又霜的最後一根稻草。她吞了吞口水，把聲音壓得更低一些，「你說會不會是……又出現啊？否則一般人怎麼可能有辦法入侵進來，又霜的家可是在八樓啊。」

林靜靜用氣音帶過的兩個字，毛茅是聽得一清二楚。

她重新懷疑起會不會是有魔女作祟。

突然多出來宛如做標記的傷口；位於八樓的住家，卻有人可以神不知、鬼不覺地侵入，最可怕的是，房內的兩人都毫無所覺。

尤其是林又霜，她甚至連疼痛都沒有感受到，直到天亮才醒。

這一切的一切，看在林靜靜眼中，都不像是人類能夠做到的事。

毛茅可以理解林靜靜的想法，只是無法贊同，「我還是維持之前的看法，我覺得不是。」

「但是！」林靜靜急得拉高了聲音，「眞的很像啊！毛茅你看，尤其那個魔鏡女孩現在又傳訊過來了，加上放在房間裡的蘋果、像是記號的傷口，還有之前窗戶外被寫字……」

情急之下，林靜靜也顧不得林又霜就在旁邊，對魔女或是污穢的存在全然不知，脫口就嚷道：

「你眞的不覺得這些特徵，聽起來就很像白雪公主嗎？」

「白……白雪公主？」林又霜愣愣地看著堂姊，不明白這整串事怎麼會跟童話故事扯上關係，「靜靜，妳在說什麼啊？」

「晚點再跟妳解釋。」林靜靜雙眼還是用力地直視著毛茅，想要說服對方認同自己的想法，「毛茅你看，魔鏡女孩，魔鏡和蘋果都是白雪公主這個故事裡面的元素。加上社長也說過，又霜也有契魂，雖然還沒成熟……」

林靜靜說得又快又急，聲音還壓得低低的，林又霜其實沒聽清楚自己的堂姊究竟說了什麼，只隱約聽到白雪公主跟魔鏡而已。

為什麼又提到白雪公主？魔鏡是指魔鏡女孩吧？她們兩者間難不成眞的有某種連繫嗎？

林又霜惶恐中帶著滿滿不解，努力想豎直耳朵，但林靜靜的聲音壓得更低了。

「毛茅，你眞的不認爲很可能就像我說的那樣嗎？」林靜靜記得毛茅曾說過，最後一位魔女已經被消滅了。可是，有誰保證不會再冒出新的魔女呢？

當初他們也只以爲人形污穢的小紅帽是特例，誰知道後面一口氣還跑出了長髮公主、人魚、紅舞鞋、睡美人，跟千種皮呢。

有些機密毛茅無法對林靜靜說得太清楚，例如毛絨絨其實是本書，例如魔女通通是從毛絨絨體內跑出來的。他想了想，決定把沒辦法解決的問題通通丟給老師去煩惱。

「總之眞的沒魔女了，到時候讓澤老師給妳解釋。」他愉快地將澤蘭拉出來當擋箭牌。

「我比較怕被澤老師帶進實驗室，從此出不來。」林靜靜嘀咕著，沒有再對有魔女的可能性窮追猛打。

見堂姊和毛茅的對話像是告一段落，林又霜出聲打岔。

「毛茅，你可不可以……」林又霜吞吞吐吐地說，「讓我剪一撮頭髮，我會很小心的……只要一撮就好。」

「什麼？」同時大喊的是林靜靜和黑琅。

只不過林靜靜的音量更大，蓋過了黑琅氣憤下爆出的怒吼，讓林又霜沒察覺到黑貓竟然會口吐人言。

黑琅從毛茅肩上跳了下來，目露凶光，喉頭裡滾動出恫嚇的低吼聲，似乎隨時會凶狠地撲上林又霜。

別開玩笑了！那可是他家鏟屎官的頭髮，能隨隨便便就剪的嗎？

林又霜下意識退了一步，後背發涼。黑琅亮出的利爪和尖牙令她心驚膽戰，只能求助似地望向林靜靜。

林靜靜張了張嘴，卻也沒有為自己的堂妹說話。

「抱歉，不能呢。」毛茅搖了搖頭。

「為什麼？」林又霜沒想到自己會被拒絕，登時又急又慌地嚷，「只是剪個頭髮！」

黑琅發出的吼聲更尖厲，尾巴跟著高高豎起，一副不准林又霜越雷池一步的姿態。

「剪十公分的頭髮很簡單，可是如果照著魔鏡女孩的話做了，新的指令又會過來。萬一那個指令變得更過分怎麼辦？萬一讓妳受到更大的傷害怎麼辦？」毛茅認真地說。

「但是……萬一魔鏡女孩又來了怎麼辦？」林又霜害怕地喊出心底的恐懼，「靜靜都過來陪我了，但魔鏡女孩還是又來找我！下次……下次她會不會真的……」

在我腿上割出一道十公分的傷口？

這恐怖的臆測林又霜不敢真正說出口，彷彿一說出來，就可能成真。

毛茅頃刻間就有了決斷，「妳們等我一下，我打個電話。」

毛茅打電話的對象是凌霄，幾乎鈴聲剛響，另一頭就飛快接起了，彷彿對方一直守在手機旁邊一樣。

「毛茅，怎麼了？」

「爸爸，有件事想請你幫忙。我朋友碰到了一點麻煩，可能有危險，不方便待在家裡，我想請她們過來我們這暫住一下。兩個人，都是女孩子。」

「可以，讓你的儲備糧去睡廚房吧。」

「讓他跟大毛和小青睡好了。」毛茅拯救了毛絨絨差點被趕到廚房去的命運。滿意地結束通話，他對著林靜靜她們比出ＯＫ的手勢，「沒問題了，靜靜妳們今晚過來我們這睡好了，剛好還有一個房間。有我爸爸在，絕對不可能出事的。」

即使凌霄有路痴的毛病，還有點過分黏自己兒子，但在毛茅心裡，最值得信賴的也是他。

「喵喵。」朕才不想跟那隻鳥睡，頂多讓他睡窗台。

毛茅才不理會黑琅他們那間房的床位問題，將宿舍位置傳給林靜靜後，與她們約了時間，要她們過來時打個電話通知。

「謝謝你了，毛茅，回去請你吃秋河堂。」林靜靜感激不已。有那麼多人的保護，她相信魔鏡女孩難以再傷害到自家堂妹，「三頓大餐！」

「好喔，我會很期待的。」

「那我跟又霜先回去整理行李。」

如同溺水者抓到了浮木，聽完毛茅一番話的林又霜眼中浮起亮光，像看到了希望。她迫不及待地和林靜靜跑回家，滿心期待能早點前往安全之處。

眼看林靜靜兩人離開小公園了，照理說，毛茅也該挪動腳步，只是他卻站在原地沒動。

那道像揮之不去的注視感，再次出現了。

但這一次，視線的主人就站在隔了一段距離的對邊。

那是一名黑髮黑眼，皮膚特別雪白的小女孩，就和凌霄給毛茅看過的金盞照片一樣。

下一秒，首次在毛茅面前露面的妹妹朝毛茅扮了個鬼臉，吐了舌頭，然後轉身就跑。

□

瀰漫在屋子裡的陰鬱氣息快要將毛絨絨給淹沒了。

毛絨絨覺得自己冤枉啊，他什麼事也沒錯，只是美美地睡到自然醒，但一從房間飛出來，就看到海冬青像尊門神般坐在客廳裡。

全身上下都在寫著——我很不爽。

毛絨絨變成人在屋內走了一圈，翻出早餐，然後確定了屋子裡除了自己和海冬青外，就沒其他人。

換句話說，陛下也不在家，這裡是他的天堂哈哈哈！

興奮不到五秒，毛絨絨再次看向坐著不動的海冬青，頓時又被淋了一盆冷水，清醒過來。

好喔，陛下不在，但陛下的迷弟在。

而且迷弟一副生人勿近的恐怖模樣。

「陛下肯定和毛茅在一起啊，你要不要打電話問他看看？」毛絨絨不想被低氣壓影響一整天，小心翼翼地提出建議。

「毛茅手機沒接。」海冬青連視線也沒投過來。

「那那那……那毛茅沒說他今天會去哪嗎？」

「他和琅哥出門時我還沒起床。」

「那還眞是不湊巧……」毛絨絨抱著雙臂，絞盡腦汁地回想起毛茅昨天是不是有透露過什麼線索。

海冬青自顧自地再拿出手機，想到還有一個人可以詢問。

「凌叔叔，是我。」

毛絨絨好奇地看過去，他沒預期接下來會聽到一番令他大感驚悚的話。

「凌叔叔，你知道毛茅去哪了嗎？」

海冬青沒有直接問黑琅的去向，他知道凌霄對此素來沒放在心上。但換成毛茅就不一樣了，而黑琅又通常會跟在毛茅旁邊。

如此一來，他還是能得到他想要的答案。

「他沒跟你說嗎？那能不能幫我看一下他現在的位置，他手機沒接，我有事找他。」

慢著，看一下他現在的位置是指什麼？毛絨絨睜圓了眼。

「……好的，謝謝你。」海冬青心滿意足地結束通話，站起身，一副要出門的打算。

「等等等等！」毛絨絨顧不得對方冷然凜冽的氣勢有多嚇人，忙不迭地追問。不問個清楚，他會憋到爆炸的，「你知道毛茅在哪裡了？怎麼知道的？」

「凌霄叔叔有在毛茅的手機上安定位。」海冬青的一句話解釋了一切。

毛絨絨目瞪口呆。竟然還有這種操作？

「毛茅……他知道這件事嗎？」

「他和琅哥都知道。」海冬青像是自問自答般，「下次我也幫琅哥的項圈裝一個好了。」

「請住手啊！這樣聽起來好變態！」

「哪裡變態？」海冬青終於分出了視線給滿臉驚恐的白髮少年，「這只是對崇拜對象的關心而已。」

「呃，恕我直言……這發言聽起來更變態了。」毛絨絨乾巴巴地說，同時陷入兩難，猶豫著該不該跟黑琅通風報信，但他又擔心海冬青知情後會把他卡嚓掉。

同是鳥類，相煎何太急啊……

毛茅打來的電話成功拯救了他的命運。

毛絨絨像見到救命恩人般抓起手機，雙眼發光，「毛茅、毛茅，你在哪裡啊啊啊！陛下也和你在一起嗎？快跟陛下講，他漏了一個巨大迷弟沒有帶走！」

「毛絨絨你太吵了，大毛在我這沒錯。」毛茅說，「幫我一個忙，你的房間今天晚上能空出來嗎？靜靜和她堂妹要過來住，到時候你跟大毛他們一間行嗎？」

毛絨絨自願申請睡在客廳的沙發。

「毛茅，靜靜她們發生什麼事了嗎？怎麼會忽然……」毛絨絨也不笨，如果只是林靜靜過來玩，暫住一天也沒話講。但還買一送一地帶上了林又霜，那麼就有內幕了。

「我們正好要去社長他們那邊討論這事，你跟小青要來嗎？」

「要要要！」毛絨絨一口應允，喜上眉梢。

雖然時玥雪的胸不夠小，但人美啊！

約好的時間還沒到，別墅裡就有一道曼妙的身影忙碌地團團轉了。

時衛就算是將大半注意力都放在他的手機上，眼角仍是不可避免地瞄到了那抹彷彿坐不住的身影。

「小雪，妳轉得我頭都要暈了。要妳好好坐著很難嗎？」時衛揉按額角，閉眼祈求片刻，手指戳向了十連抽的按鈕，再抬眼正視自己的妹妹。

「哥哥，您的社員要過來了，您居然還是這種無動於衷的樣子。您連待客之道都不曉得該怎麼寫了嗎？」時玥雪投予了冷漠又譴責的一眼，接著繼續忙著檢查桌上的茶水點心夠不夠。

「說得好像上次烏鴉他們來，妳就有好好熱情招待他們一樣。」時衛嗤之以鼻，再看向自己的手機。

該死，連四星角色都沒有，最多只有四星的裝備，還是重複的，果然又是垃圾十連抽。

時玥雪裝作沒聽到，她哥哥那張嘴巴，果然還是閉起來比較好。

確認過大致上沒有什麼遺漏，別墅裡也相當乾淨，時玥雪驀地又想到她不久前還怕吃的不夠，特地叫了外賣。

算算時間，外賣也該來了吧。

這個念頭剛轉過，時玥雪的手機就傳來了通知。她點開一看，立即拿著錢包前去開門。

但恐怕連時玥雪也沒想到，她點個外賣，反而促成了一場意外的會面。

送外賣的兩道人影在庭院的黑鐵大門外等著主人開門，下一秒，他們就聽見了一道疑惑的叫喚。

「西東學長？」

揹著送餐保溫箱的項冬、項溪反射性扭頭，見著的就是社團小學弟和他那隻第一眼總認不清是豬還是貓的寵物。

「好好喊我們一次很難嗎？」項冬面無表情地說，「而且爲什麼順序還換了？」

「我想說有時候也要讓項溪學長的名字在前面嘛。」毛茅善解人意地說。

「謝謝你的體貼。但我完全，不覺得高興。」被體貼的項溪一臉冷漠。

「為啥你們倆會在這？」黑琅語氣不善地問。

「外送。」

「有人點餐，你們呢？」

「來拜訪要求外送的主人。」毛茅像在繞口令地說，眼睛笑得彎彎，似乎覺得這場意外相遇很有趣。

時玥雪一打開門，映入眼中的是三道紫髮人影。她微愣，恍惚間還以為毛茅變成了三個。

「時小姐嗎？」項冬看著手機上的記錄，他也沒料到點餐的原來是時衛的妹妹，「您點的餐送到了，請您點收。」

「如果方便的話，兩位要一起進來嗎？」時玥雪邀請道，「相信我那沒有什麼朋友的哥哥看見你們，一定會很開心的。」

「雖然我們還在打工。」項冬看了項溪一眼。

「但有個名詞叫請假。」項溪看了毛茅一眼。

毛茅納悶地比比自己，不曉得兩位學長怎麼最後就盯向了自己。

項冬、項溪心中的算盤打得劈啪響。進去時玥雪家可以蹭東西吃，還能關心毛茅的日常，再向凌霄申請高額薪水，一舉數得，完美。

在眼神交換中達成共識的兄弟倆二話不說地拿出手機，直接跟公司請了下半天的假，明天再將保溫箱帶回去。

「啊，再等等。」毛茅喊住了想帶大夥進去屋子的時玥雪，「小青他們也快到了。」

不管聽了多少次，項冬他們還是一致認爲……小青這個暱稱，和海冬青那個高頭大馬還隨時向外發射冷氣的傢伙，眞的超級不搭！

時家別墅佔地大，客廳也相當寬敞，容納多人依舊不會感到空間窄小。

眼看能進行關卡的點數暫時歸零，再怎麼熱愛手遊的時衛也只好依依不捨地先擱下手機。

他坐直身體，雙手交握，嘴角似笑非笑的，但眼裡明明白白寫著兩個字。

嫌棄。

時衛可沒想到自己和時玥雪來櫻草市度個假，碰上毛茅就算了，現在眼前這情景……

一群相關人士，桌上還擺著一大堆吃的喝的。

他們這是要開除魔社同樂會了嗎？

「小不點要過來我是知道。」時衛挑剔的眼神投向了海冬青和項冬、項溪，「你們幾個出現在這的原因又是爲了什麼？」

「琅哥在哪，我就在哪。」海冬青抱著貓，簡潔有力地給出回答。

「你還是閉嘴吧。」時衛轉盯住了項冬、項溪，「你們呢？平常叫你們參加社團活動，也沒見你們這麼積極過。」

「如果參加社團活動有薪水拿，社長就會在我們身上看見強烈的積極性了。」項溪說。

「然而並沒有，所以積極性也就看不見了。」項冬難掩一絲遺憾。

時衛抓住了關鍵字，順道還回想起來，這兩個二年級學弟似乎有個打工叫作「關懷毛茅、照顧毛茅」。

也就是說，爲了打工錢追到櫻草市來了嗎？

「我回去跟澤老師說，請他爲了你們將工讀生薪水調高，相信他會樂意做這件事。」

「但我們不樂意出賣我們的肉體，拜託還請放過我。」

「還有我。」

項冬、項溪說什麼都不想踏進澤蘭的實驗室一步，他們果斷結束了這個充滿危險性的話題，將矛頭轉向在旁邊吃得不亦樂乎的毛茅。

即使最愛的是洋芋片，但這不妨礙毛茅愉快地享受其他美食。

「小朋友，別只顧著吃啊，你跑來這是要做什麼？凌霄先生知道嗎？」

「爸爸有在我的手機上裝定位，我在哪他都知道啦。我猜他下次想在我鞋子上裝吧。」

「你好像若無其事地說出了驚人的話……不過凌霄先生，嗯，不意外。」

「爸爸人很好的。學長，問你們喔，你們最近還有聽到有關魔鏡女孩的傳聞嗎？有聽到比較詳細的情報之類的嗎？」

冷不防冒出的魔鏡女孩四個字，讓項冬兩人怔住。他們看了毛茅好一會，接著同時猛地站起身子。

「你眞的去玩了？」

「不是、不是。」毛茅搖搖手，「是朋友的堂妹玩了，然後魔鏡女孩盯上她，事情現在有些一發不可收拾。」

「靜靜的堂妹怎麼了嗎？」毛絨絨對最新發生在林又霜身上的事一無所知，但不難推想出來，毛茅早上匆匆出門跟這脫不了關係，「魔鏡女孩出現在她面前了嗎？」

「如果出現反而好解決。」毛茅發白肺腑地說，「這樣就可以直接揍一頓了事，再不行就揍兩頓。」

「毛茅眞有男子氣概呢。」時玥雪拍手稱讚。

時衛連白眼都不想給妹妹了。更懶得提醒，她上次還在說只會使用暴力是最不可取的。

「雙重標準」這個詞，在他妹妹身上眞是發揮得淋漓盡致。

爲免項冬兩人跟不上進度，毛茅沒忘記來個快速的前情提要，然後才說到今天的重頭戲。

林又霜在睡夢中被割傷卻毫無所覺，不只如此，割傷人的凶手還有辦法神不知、鬼不覺地從外入侵到八樓。

「聽起來好可怕……」毛絨絨吞了吞口水，「該不會……是鬧鬼吧？」

「去把幽體的定義重新查一次。」時衛冷淡地說，「再怎樣都不可能是幽體。」

「我們查過魔鏡女孩的網站了。」項冬當代表舉起手，「網站上的資料不多，聽說之前有個挑戰者自拍影片區，不過已經被刪了，也許是怕太引人注目。現在那裡最多是不定時發公告，恭喜某某某完成了最終挑戰，獲得了獎品。我們利用上面的暱稱去搜尋，在IG上找到了幾個符合條件的人，他們也有貼出相關照片，有幾張不太好看。」

「不太好看？」毛茅不解地問道：「爲什麼不太好看？」

「社長先看一下。」項冬越過毛茅，將手機遞給了時衛。

時衛的眉頭頓時緊緊皺起。

項冬給他看的，是自殘的照片。

手腕、手臂、大腿、胸口、肚子，滲著鮮血或是結痂的傷口在照片中顯得怵目驚心。

然而照片主人搭配的文字語氣卻是興高采烈，猶如在炫耀著令人驕傲的動章。

桌上的食物暫時被挪到了廚房，清出空位好擺放時衛的平板和筆記型電腦。

不管是平板或筆電，上面顯示的都是和魔鏡女孩有關的資訊。

那些自殘照，毛茅他們最後還是都看到了。這也讓氣氛瞬間轉爲沉凝，他們誰都不希望林又霜也步上這樣的後塵。

而包含林又霜在內，在IG上找到的挑戰者都是國高中生，大多數人都是興奮地討論著這個神祕的遊戲；也有人想打聽最終挑戰的內容，但成功者之間像有著他們專屬的默契，嘴巴閉得很緊，誰也沒有透露出一絲口風。

當然，也有人在PO出自殘照片的帳號下留言勸阻，卻換來了一片嘲笑。覺得對方沒膽子、孬、小題大作，又轉而熱烈討論起該如何才能被魔鏡女孩選上。

「伊老師要是看到這些東西，絕對會手癢想揍人的。」毛茅若有所思地說。

「爲什麼啊，毛茅？」毛絨絨秉持著虛心求教的精神，不懂就要說出來。

「還用說嗎？覺得這群人吃飽太閒沒事幹，宛如一群智障，還浪費醫療資源。」時衛給出了不留情的評論，「但這種一看就有問題的遊戲，在櫻草市裡卻沒有鬧出來，也沒有受到師長關注。很顯然……」

「這或許就是爲什麼魔鏡女孩要專門挑國中生或高中生成爲玩家。」時玥雪接下了兄長的話，「排外性、團結性、祕密帶來的刺激感、在同儕間的炫耀，以及盲目的跟從……我猜這就是魔鏡女孩的挑戰至今只在固定族群間擴散，但又隱於水面下的原因。」

「我想不通的是……魔鏡女孩是怎麼讓玩家乖乖執行挑戰？」毛茅提出疑問，「我指的是自殘這部分。照常理來說，假如對方發來了要人在自己身體上割一刀的命令，一般人應該都不會做的吧？」

「你也說了是一般人。」項冬看著毛茅在平板上粗略畫出的時間軸，上面還附註林又霜在這幾天分別完成了哪些挑戰，「換作是精神在無意識中變得焦躁不穩的人呢？」

「項冬學長，你指的是……」

項冬的手指比向了最初的幾個挑戰，「看這邊，喝咖啡、半夜看片、凌晨跑出去，這些都很容易打亂一個人的生理時鐘。如果是不常熬夜的，影響就更大了。」

「等等！」項溪忽然喊了一聲，引來眾人的目光，「我在魔鏡女孩的網站上，找到一個隱藏連結，然後連到……」

項溪將自己的手機轉了過來，那是一個名字看起來很普通的不公開社團。

叫作「挑戰者的聚集地」。

但如果是一般社團，它的連結就不會出現在魔鏡女孩的網站上。

「從字面上猜測，也許這就是有玩魔鏡女孩的挑戰的玩家討論區？」毛茅點進了社團介紹的區塊，「歡迎有興趣挑戰的人進來聊天……嗯，所以審核上應該不會太嚴格？因爲主要是讓感興趣的人進來嘛，要申請一下嗎？」

「我！」毛絨絨的手舉得又高又直，「報告，我申請好了！」

「這麼快!?」毛茅吃驚地望過去。

毛絨絨傻笑幾聲，「我有好幾個分身帳號啊，改一下年紀和其他身分資料很快的。別人只會以爲我這個帳號是國中女生，而且是可愛的貧……」

黑琅從後面一爪子打掉了毛絨絨未完的句子。

「廢話太多，朕要聽重點。」黑琅換了個姿勢，用眼神指使海冬青換地方撓，「重點是加進去了沒？看到裡面的討論內容了沒？」

「沒那麼快啦，陛下，我才剛加呢。除非管理員剛好在……」毛絨絨猝然拔高了聲音，「啊啊啊！加了、加了！我申請通過了啊啊！」

毛絨絨的吶喊就像一道驚雷劈了下來，所有人馬上圍至他旁邊，誰也沒想到運氣居然會這麼好。

時衛看了自己妹妹一眼，「小雪，妳看人家一隻鳥，社群網站都玩得比妳好。」

時玥雪笑吟吟地回擊，「是啊，人家一隻鳥，都比哥哥您懂得什麼叫節儉，不會將大筆金錢投入無意義的遊戲裡。」

無端被捲入兄妹紛爭的毛絨絨眼眶含淚，覺得自己招誰惹誰，他只是一隻無辜又無害的萌鳥啊。

「社長，平板借一下。」毛茅打斷了時家兄妹的鬥嘴，拿起平板，讓毛絨絨重新用他的分身帳號登入。

比起用手機看，還是用平板刷社團裡的帖子比較沒那麼虐待眼睛，也方便大家一起觀看。

社團建立的時間還很短，是這一、兩個月才建立的。裡面的帖子不算多，似乎有受到管理員的控管，限制了發帖數量，不過底下的留言倒是很熱絡。

毛絨絨花了一點時間才把社團的帖子翻完，臉上露出了失望之色。

不僅他，其他人亦是如此。

這個社團顯然眞的只是用來討論魔鏡女孩的挑戰這個遊戲而已，並沒有在裡面發現魔鏡女孩身分更進一步的線索。

而從社團成員的發言來看，不難看出他們對這個遊戲抱持的看法。

因爲很酷。

因爲有趣。

因爲大家都在玩。

不想讓自己顯得很遜。

「這邊好像沒看到半途而廢不玩的話會怎樣呢……」毛茅接過平板，翻看其餘人的回應，「毛絨絨，你這帳號可以借我發帖嗎？既然沒人問的話，我來問看看吧。」

毛絨絨自然沒有意見。除了他最常用的主要帳號，其他分身帳號都是拿來參加抽獎活動爲主，上面也沒留什麼曝光後會有問題的個資，就算隨時移除也沒關係。

毛茅按著鍵盤，將想問的問題發送出去。

社團管理員明顯還在線上，沒多久，毛茅的帖子就被審核通過，出現在社團的塗鴉牆上。

緊接著，帖子底下也出現一則新回應。

回帖的人居然就是管理員，他說：

別想停下來，魔鏡女孩會看到。

第六章

林靜靜和林又霜最後並沒有住進毛茅他們現今暫住的宿舍裡，她們姊妹倆搬到了時家的別墅中。

社團管理員那則有如挑釁的留言，反倒讓時衛被勾起了抗衡之心。

金髮青年當時是噙著漫不經心的笑，字裡行間卻透露出不容置喙的強硬，「讓林靜靜她們住過來我們這吧，我們別墅和庭園外都裝了一排監視器。我很好奇，那個名字格調不怎樣的魔鏡女孩，眞面目究竟長得怎麼樣？」

如果換成更簡單粗暴一點的說法，那就是——

有種就叫她自動滾過來吧！

魔鏡女孩願不願意滾過來還不得而知，但唯一能確定的是，林又霜搬進別墅之後，她的手機就再也沒有接收到來自魔鏡女孩的訊息了。

自從昨天早上在小公園收到新指令，魔鏡女孩就像轟炸般地傳來更多催促挑釁的字眼。

快完成挑戰。

快完成挑戰。

魔鏡啊魔鏡，誰是世界上最有勇氣的人？

妳是弱者嗎？妳是膽小鬼嗎？

大家都敢，只有妳連這都不敢做嗎？

別這麼孬啊。

魔鏡啊魔鏡，這個人是不是世界上最沒用的人呢？

而這些在昨天一入夜後，突然間又全都停止了。

就連今早林又霜的房間裡，也沒再被人寫上駭人的警告紅字。

魔鏡女孩的逼迫一夕之間似乎徹底銷聲匿跡，安靜得讓人察覺不到她的存在。

這是林又霜這陣子以來，頭一次睡得那麼安穩。

林靜靜一早就興奮地向毛茅報告她們這邊的狀況。

即使隔著手機螢幕，毛茅都能感受到她的開心像要溢了出來。

只是，還有一個問題。

林又霜的房間沒再出現紅字，卻還是出現了被咬一口的紅蘋果。

接到自己嬸嬸的詢問時，林靜靜胡謅了一個理由，說那是要做某種實驗，是老師交代下來的作業，如果再看到蘋果擺在書桌上，當它不存在就好了。

林靜靜的嬸嬸半信半疑地接受了這個說法。

「毛茅，你說那顆蘋果到底是怎麼回事？蘋果又冒出來，但是魔鏡女孩那邊沒動靜了，這是什麼新的增加挑戰者壓力的辦法嗎？」

「唔，這還眞不曉得呢。」毛茅坐在廁所裡講手機，「也許是魔鏡女孩的新手段？也許蘋果不是她送的？」

「天啊……」林靜靜哀號，「我寧願是魔鏡女孩送的，不然不就有兩批人盯上我堂妹了？」

「妳跟又霜說了蘋果的事了嗎？」

「還沒，她好不容易才放鬆一點。不過我跟社長他們說了，到時候再看有什麼辦法吧。眞討厭啊，一波未平，一波又起的……」

「靜靜，我忽然想到，當初妳說妳玩魔鏡女孩的挑戰……妳是怎麼知道這個遊戲的？」

「喔，你問這個啊，其實我就是從又霜那邊聽來的。」

「那妳堂妹又是從哪聽來的？」

「我記得……好像是她班上同學吧？」林靜靜不確定地回想著，「又霜那時候好像是跟我說，這是他們櫻草市最近流行的遊戲，很有趣，要我試試看。」

「櫻草市流行的新遊戲啊……」毛茅眼中滑過若有所思的神色，「我知道了，謝謝妳啊，靜靜。妳那邊要是有什麼情況的話，再隨時跟我聯絡。」

結束與林靜靜的通話，毛茅找出了和時衛的聊天畫面。

只在櫻草市流行的新遊戲——林靜靜的這句話透露出不少有用的訊息。

加上鎖定國高中生為主要玩家，又是近期才發起的遊戲……

創建出「魔鏡女孩的挑戰」這遊戲的人，恐怕和櫻草市有極大的關係。

社長可以把搜查範圍縮小在櫻草市。逐一將字句發給時衛，毛茅收起手機，離開了廁所。

一打開廁所門，一道筆挺高大的人影就像守護神般矗立在外。

「爸爸？」毛茅起初以為凌霄是要使用廁所，但他端詳了那張旁人難以讀出情緒的英俊面孔片刻，倏地露出大大的笑容，「啊，你想要我陪你出去嗎？」

凌霄臉上的冷峻瞬間如冰雪遇著了春陽，消融得無影無蹤。

來到櫻草市這些天，毛茅基本上都在為了魔鏡女孩的挑戰這個遊戲而四處奔波。

在凌霄眼中看來，他兒子簡直比他還忙。

這可不行。

凌霄來櫻草市，一來是為了將鬧脾氣的金盞帶回家，讓她和自己的哥哥正式見個面；二來就是想和毛茅享受一下父子時光。

結果夢想中的父子時光根本沒達成。

凌霄看最多的，反而是櫻草分部那些礙眼的傢伙。

眼看連假白白浪費了那麼多天，凌霄忍無可忍，一大早先向分部扔了警告。冷酷的聲音從手機穿透到石斛等人耳中，如同嚴寒大雪颳過，要將人給凍得瑟瑟發抖。

「今天、明天，誰敢再來破壞我和我兒子的相處時間，我親自過去掀了你們分部。」

凡是認識凌霄的資深除穢者和分部員工都知道，凌霄說的「掀」，確實是動詞意義上的。他會一個個把那些他覺得是妨礙者的傢伙，毫不留情地掀翻到地上——用當事人不願意再回想起來的暴力手段。

於是櫻草分部鄭重表示，除非世界末日到來，否則他們絕不敢去打斷他們倆的父子時光。

既然是屬於父子間的時間，凌霄自然也不會讓黑琅和毛絨絨跟著。

將黑琅丟給了海冬青，再一記冷颼颼的眼刀射向毛絨絨，凌霄成功排除了可能的礙事者，來到廁所前等著自己的寶貝兒子出來。

然後如願以償地達成了他的願望。

凌霄早就想找時間幫自家兒子選購衣服了。雖說不在家的時候，也會把在外地買的衣服寄回去給他，但終究比不上自己在毛茅面前親手挑選，那種滿足的滋味當真是無與倫比。

還是毛茅冷靜地阻止了自己爸爸差點一發不可收拾的買買買。

提著大包小包紙袋的凌霄難掩一臉惋惜，「毛茅，真的不用買多一點嗎？」

「衣服很夠啦。對了，爸爸，我之前在路上看到妹妹了。」

「金盞？她有對你不禮貌嗎？有對你做出什麼不好的事嗎？」

扮鬼臉應該不算不禮貌吧？毛茅神色自若地搖搖頭，「沒有，可惜來不及跟她說話，她就跑走了。」

「毛茅，你喜歡這個妹妹嗎？」

「你這樣的說法有點奇怪呢，爸爸。『這個』的意思是……難不成還有其他個嗎？」

「如果你想要的話。這個還行，但給我時間，可以再有更完美的給你。」

「慢著、慢著，不用了，一個就夠了。爸爸你這樣說，簡直像你是妹妹量產製造工廠一樣啊。而且我都還沒跟金盞培養感情，她現在還是不肯回來跟我們一起住嗎？」

「別擔心，她會回來的，她得要負責保護你。」

「哎？不是應該顛倒過來嗎？我覺得你和妹妹之間有祕密瞞著我啊，爸爸。不過呢……」毛茅揚起狡黠的笑意，「我可以先不追問，作爲條件交換，再陪我去另一個地方吧。」

毛茅的要求，凌霄怎麼可能不答應。

他甚至還巴不得自己的兒子能多提一點，好讓他充分發揮父愛。

只是他怎樣也沒想到，毛茅想去的地方赫然是……

「毛茅，你來這裡是想……」凌霄看著這明顯就是住宅區的地帶，犀利的目光逐一審視過那一棟棟林立的公寓大樓，「我明白了，你喜歡這邊的房子是嗎？爸爸買給我，我們家也沒那麼多錢。」

「停下來。」毛茅飛快伸出手，比了一個大大的×手勢，「我沒有想要新房子，不用買給我，我們家也沒那麼多錢。」

「我再去賺就有了。」凌霄眉宇間出現淺淺的摺痕，「多打幾隻污穢，再不行，就再回去科研部吧。協會的老傢伙前陣子又打電話哭著求我回去……」

「這個也暫停。」毛茅嘆了一大口氣，「爸爸你明明就是不喜歡關在實驗室太久，才辭掉工作的不是嗎？你當初可是這麼對我說的。」

「毛茅你果然還是想要爸爸多在家陪你。」凌霄自顧自地下了結論，「別擔心，這次我回來，應該就不會走了，你二十四小時都可以看到爸爸喔。不管是洗澡或上廁所的時候，只要你需要，爸爸也可以陪在旁邊的。」

「你還是滾吧，爸爸。」毛茅的笑臉可愛又真誠。

「那我叫他們再去騷擾澤蘭吧，那小子還不錯。」凌霄自動曲解了毛茅的意思，認定兒子就是離不開他，這使得他如刀削凌厲的五官也柔和了一些。

毛茅早就習慣了凌霄的自說自話，任憑那些話語左耳進、右耳出，他繞到了那一天在林又霜住家附近發現黴斑的地方。

在沒有戴上特殊護目鏡的情況下，毛茅看不出來那些花壇間是否有任何異樣。

「爸爸，幫我看一下。」毛茅自然而然地向凌霄求助，「這裡有黴斑嗎？」

只看了一眼，凌霄就猛地抓住毛茅的臂膀，將他往後一拉。

說時遲、那時快，在凌霄眼中深紫近黑的斑塊驟然像活了過來。它們如同起伏的波浪，亦像飛速游走的魚群，一晃眼就衝竄進牆縫裡——

「爸爸，難道說……」毛茅的問句甚至還沒說完。

下一剎那，某種沉重的壓迫感包圍住這個空間，同時平空現身的還有一道龐然影子。

「不是吧？」毛茅的驚呼聲中染著無法忽視的興奮，他迅速按下手環上的晶石。

回收場瞬間開啓。

無以計數的光絲直衝天際，編織成一張光網，籠罩住方圓數公里。鮮明的顏色轉眼剝落，花壇被染成了灰，公寓大樓像被潑墨般灑上了紅；天空與地面則是深淺不一的紅灰交錯，覆蓋上去的是死氣沉沉的暗灰，以及宛如要刺痛人眼睛的灼紅。

錯亂的色彩猶如掉進了一幅抽象畫裡。

凌霄第一時間擋護在毛茅身前，將自己小個子的兒子擋得嚴嚴實實，連點恐怖的畫面都不願讓他看見。

但毛茅還是自己探出了頭，眸子裡倒映出那道龐大身影的眞面目。

帶來不祥威壓的，是隻外形與水母有幾分相似的怪物。藍綠色的皮膚，每一隻觸手都格外粗大，像是壯碩的藤蔓垂下，蔓延至路面上；上頭長滿倒刺，觸手中間還燃著一簇蒼白火焰，像是一顆顆白色眼珠；頂端中心位置裂開了一張圓形的嘴，內部是一層層密密尖齒。

那是，污穢。

「哇喔，太久沒見到這麼傷眼睛的……」毛茅縮回了腦袋，又再探出來，嘖嘖地說，「它的配色放在這回收場裡，感覺眼睛都要瞎了。」

「乖，別看。」凌霄抬起手，想把那顆紫色腦袋再壓回去。

毛茅頑固地不退後，「爸爸，身為一個優秀的實習生，看到污穢就要出手消滅。社規第一條，不能對污穢置之不理啊！」

明明除魔社的社規第一條是「實習生碰上污穢不得擅自出手，必須立刻向幹部或附近的除穢者尋求幫助」，但毛茅就是有辦法臉不紅、氣不喘地睜眼說瞎話。

而凌霄則認為自己的兒子說什麼都對。

要是有錯了，那也一定是別人的錯。

聽到毛茅提出的這個要求，凌霄第一個反應是想要拒絕。在他看來，當然是由他直接出手解決，免得那隻醜不拉嘰的污穢傷到了毛茅的眼，還要浪費毛茅的體力。

但凌霄猛地又想到，有時候也要讓孩子動手試煉，否則小孩會覺得家長太專制，獨斷獨行，不給他成長的機會。

一邊是不願毛茅耗費心力對付污穢，一邊是猶豫著偶爾是不是該放手一下……凌霄陷入了兩難。

毛茅的眼珠子靈活地轉了轉，就想趁凌霄尚未回神之際，來個先斬後奏。他飛快召出自己的仿生契靈。

與此同時，污穢也鎖定了在場契魂最強大之人。

藍綠色的帶刺觸手舉起，挾帶凌厲的風壓，眨眼便朝凌霄掃了過去。

毛茅眼底光芒更熾，他就像頭蓄勢待發的豹子要越過凌霄，撲上彷如變異大水母的污穢。

可誰也沒想到就在這電光石火間，多道利芒轉眼而至。

若非凌霄撈住毛茅的腰，帶著他往後閃退，那數支黑箭深深沒入的，恐怕就不是地面了。

察覺到襲擊的污穢立即轉換目標，它舉起觸手，死白的火焰如同眼珠般注視另一個方向。

紅灰摻雜的回收場內，不知何時闖進了另外兩道人影。

紅髮少女手持十字弓，泛著光的黑鐵利箭重新置於弓上；金髮少年手持西洋劍，劍柄處是華麗的裝飾。

赫然是櫻草除污社的姜連翹和杜伏苓。

「啊啊，真是的，不是叫你們別多管閒事的嗎？這是我們櫻草除污社負責的區域耶！」姜連翹滿臉不悅，「要不是我們及時趕到，你們就想搶怪了吧？」

「而且實習生居然還想打污穢？」杜伏苓笑咪咪的，但眼底和語氣都是不再隱藏的不屑，「喂喂喂，毛茅，就算你爸爸是前任部長，也不能這樣隨便破壞社團規定的吧。」

毛茅眼明手快地緊抓住凌霄的手，從對方瞬間繃緊的肌肉來看，就算他沒瞧見自己爸爸的眼神，也不難猜出裡頭鐵定匯聚了驚人的冰風暴。

凌霄深沉冷酷的眼神讓姜連翹與杜伏苓心裡不由得咯噔一下。他們本能地寒毛直豎，但理智又告訴他們，就算那橘髮男人是石斛口中的大前輩，是前任的科研部部長又怎樣？

說穿了，科研部的人其實不過就是手無縛雞之力的實驗人員而已。

沒錯，就只是沒什麼力量的軟弱大人。

比起已經退役的前職員，他們可是櫻草除污社的幹部，還是備受期待的新星除穢者。

假如魔女當初是出現在他們櫻草市，能夠打倒魔女的就肯定是他們了。

石斛都誇獎過，他們的前途大有可爲。

既然如此，就算眼下對凌霄稍微不尊敬一點，想必櫻草分部的人也不會眞拿自己怎麼樣，可能頂多口頭訓誡一番。

姜連翹和杜伏苓越想越覺得他們的想法很正確，不再搭理一邊的凌霄和毛茅，他們兵分兩路，採取前後包夾的方式，不留情地對污穢展開了一連串的攻擊。

姜連翹雙手扛著十字弓，扣下扳機，黑箭強而有力地脫離弓弦，在空中衝劃出俐落軌跡。一箭射出，緊接著又是下一箭。

不須裝填箭矢，由光凝出的長箭轉瞬在弩臂上生成。

她射擊的速度很快，尖厲的破空聲伴隨著不停飛出的黑箭全射入了污穢體內，換來了污穢吃痛的咆哮。

污穢的行動被打亂了，也給了另一邊的杜伏苓機會。

使用近身武器的金髮少年快速穿過污穢飛舞的觸手，西洋劍在他的操控下銀光翩飛，道道皆鋒利地刺擊在污穢的軀體上。

兩人默契十足的聯手，外形令人想到變異水母的污穢節節敗退，身上傷口越添越多。

被砍斷的觸手散落在地，像做著垂死前的掙扎。

「哇喔，看起來難吃，感覺更像畸形的大章魚腳耶。」毛茅自動退了好幾大步，和那些在他眼中看來難吃至極的觸手保持距離。

既然人家本地的除污社都出手了，毛茅也不會考慮從別人手中搶怪。原本他應該要舉步離開，但他還有疑問想弄清楚。

所以他繼續緊抓著凌霄的手不放，免得一鬆開，他家爸爸也跟著當場發飆暴走。

毛茅對自己養父的個性很了解，說什麼都行，就是不能說自己壞話。

「等等你還是別開口啊，爸爸。」毛茅輕聲囑咐。

凌霄點頭。

「還有動手也不行。」

凌霄不點頭了，眼裡寫著露骨的失望。

將污穢抬起的其中一根觸手當作踏板，姜連翹身形輕盈地高高躍起，在空中翻轉，流轉著冷硬光芒的十字弓對準了污穢頭頂的大口，黑箭氣勢萬鈞地再次射出——

這一次擊碎了污穢的核心。

藍綠色的龐大身體霎時僵直不動，再一眨眼便瓦解成閃閃發亮的晶砂，鋪瀉在灰紅斑駁的地面上……

最後進入眾人眼中的，是數枚宛如花與葉的璀璨晶體。

「欸欸，你們想做什麼？」杜伏苓舉起西洋劍，制止了毛茅上前的動作，「可沒有見者有份這種事啊，結晶是不會分給你的。小實習生，即便你爸開口也不行。」

「都是部長級的人物了，凌霄先生應該不可能跟我們小輩搶東西吧？」姜連翹扛著十字弓，走近杜伏苓身邊，似乎是發現話語有疏漏，最後又補了一句，「啊，是前部長才對。」

「首先，妄想症是病，有需要記得去治啊。」毛茅說不讓凌霄開口，就不讓對方有開口的機會。他露出可愛的笑容，頰邊浮出小酒窩。

「啊？你說誰有妄想症？」

「對學長姊那麼嗆不好吧？」

「那麼，櫻草的學長、學姊，我想問一下……」毛茅像沒聽見他們先前的質問，「爲什麼你們對這裡的黴斑置之不理，上次不是說好要清掉的嗎？」

「清掉了啊，現在不就徹底清掉了？乾乾淨淨、清潔溜溜，對吧？」姜連翹徵求杜伏苓的意見，「我有說錯嗎？」

「連翹說的沒錯。」杜伏苓理所當然地說，「你們外縣市來的，不懂我們櫻草除污社的習慣就算了，冒冒失失地差點干擾我們，很不應該啊。」

「習慣？」毛茅疑惑地問。

「還要跟外地人解釋那麼多，眞麻煩……但我還是說清楚吧，也省得你們再來煩我們。」杜伏苓收起契靈，「我不知道你們榴華的規矩是怎樣，不過我們櫻草會把黴斑多擱置幾天。」

「但是這樣不就讓污穢誕生了？」

「你沒聽懂嗎？就是要讓它誕生，不然怎麼完全清除？假如不斬草除根，不管刷了幾遍，黴斑之後還是會重新再長出來。」

「但是讓污穢誕生就不一樣了。一來可以根絕這地區的污染；二來可以訓練我們社員的身手，一石二鳥，懂嗎？」

櫻草除污社的理論，毛茅可以認同一部分，但更多的是不贊同。

「萬一污穢誕生，你們慢了一步過來，波及到旁人怎麼辦？」

「還能怎麼辦？他……」杜伏苓心直口快，不過最後的幾字被姜連翹一巴掌拍掉，衰啊。就這麼被吞回了肚子裡。

「所以我們社團才會派人負責記錄拍照，爲的就是估好時間，我們當然是做足了準備。」姜連翹看毛茅的眼神就像在看不懂事的小孩子，「你只是實習生，不能理解也很正常，當然我們也不需要你理解就是了。」

「你也眞奇怪，幹嘛老是跑來這地方？嘖，你是不相信我們櫻草除污社的能力吧？」杜伏苓對這個可能性很不滿，「就說我們會把這邊的黴斑處理掉，你跑回來看就是在懷疑我們。」

「就是在懷疑你們能力不夠。」冷不防出聲的是凌霄，他的神色還是淡淡的，只是一雙金瞳裡像蟄伏著最寒冷刺骨的冬季。

光是對視上他的目光，就令人打從心底發涼，溫度彷彿要被從身上剝離。

杜伏苓和姜連翹僵直了背脊，在這一瞬間，他們竟覺得自己是被猛獸咬住咽喉的獵物，連掙扎的力氣也沒有。

不，是錯覺……這絕對是錯覺！

他們豈會輸給一個早就離職的文職部長？

杜伏苓和姜連翹拚命說服自己，等到他們能擠出聲音的時候，凌霄早就帶著毛茅離去，連一絲多餘的視線也沒留給他們。

「可惡啊！」杜伏苓氣得踢了一腳旁邊的牆壁，「連翹，妳不覺得超讓人不爽的嗎？不管是那個靠爸族的實習生，還是那個看起來就很沒用的部長……」

「不爽不會找別的方法發洩嗎？」姜連翹白了一眼，假裝沒發現自己仍餘悸猶存，「啊啊，要是能有魔女出現在櫻草就好了，這樣我們就能盡情發洩壓力了。」

「就是說啊。」杜伏苓大表認同，「我們倆那麼強，一起聯手的話，魔女就更加不是問題了。偏偏……」

「就是沒有。」姜連翹遺憾地嘆氣，「爲什麼就都出現在榴岩市呢？啊啊，算了，我們還是去玩遊戲吧。」

「也是……」杜伏苓抓抓頭髮，「那妳陪我想一下，新的關卡要怎麼處理才好？」

「你連這都想不到嗎？笨，就這樣嘛。」

「喔喔喔，聽起來很不錯耶，到時候記得一起玩啊！」

「那還用說嗎？」

「嘿嘿，我又開始期待起來了……」

第七章

今天一整天下來，林靜靜都沒再傳來什麼不好的消息。

這等於是另一種意義上的好消息。

只是毛茅想不通的是，假如魔鏡女孩眞的與蘋果無關的話……

那麼，林又霜房裡的蘋果究竟是誰放的？

這個謎團讓人百思不解，並且讓事態進入了一個更棘手的局面。

因爲這表示，很可能有兩方人馬同時盯上了林又霜。

一方顯而易見就是魔鏡女孩，另一方，毛茅他們卻猜不出任何線索。

當然，也可能從頭到尾就都是魔鏡女孩幹的。

而依他們這幾日的觀察，林又霜就是個普通的女孩子——除了她擁有尚未成熟的契魂。

要是在早些時候，他們或許會判定對方可能被魔女當成獵物了。

但在魔女皆被消滅的當下，這反而令他們一時像陷入了死胡同，感到無從下手。

毛茅的宗旨很簡單，就算沒有線索，先做就對了。

既然不知道蘋果從哪來，那麼就盯到對方主動送上蘋果來吧。

換句話說，毛茅決定來個守株待兔。

時衛他們那邊在忙著收集和魔鏡女孩有關的各種情報，毛茅不想讓他們分心，因此今晚的行動由他攬下。

毛茅本來只打算帶黑琅一塊出門，畢竟有稱手的武器會更方便行事。

這個計畫馬上就被黑琅反駁。

黑琅板著一張毛茸茸的黑臉，要毛茅再多帶上海冬青跟毛絨絨。

前者戰鬥力十足，後者則能飛上高空觀察底下動靜，要是有什麼問題的話，順道還能把他丟出去，讓他犧牲小我成全大我，為他們換取逃跑的空間。

假如毛茅不肯聽他的意見，那麼他就只好……

跟、凌、霄、打、小、報、告。

毛茅一聽，立刻宣告投降，他就是不想讓凌霄知道。

「為什麼啊？」毛絨絨對此感到疑惑，「凌霄先生的實力應該很強吧？有他在，不是應該會事半功倍嗎？」

「不，只會事倍功半吧……」毛茅嘆了一口長長的氣，彷彿回想起什麼，臉上盡是滄桑。

黑琅咂了咂舌頭，提到往事也是一臉不堪回首，「強是強，但有個屁用。光是出門就拖拖拉拉，一下準備這一下準備那，說絕不能讓毛茅冷到熱到餓到還有累到。等到能走出屋子的時候，朕都懷疑他其實是要去進行三天三夜的豪華露營了。」

「這還眞是……」毛絨絨乾巴巴地說，總算明白爲什麼毛茅要堅決隱瞞凌霄這項行動。彼此有了默契之後，一到黑夜，毛茅假藉今天要跟毛絨絨睡一間房的理由，無視凌霄委屈的眼神，早早溜進了房間裡。

門一關，接下來要做的就是神不知、鬼不覺地溜出宿舍。

對於爬窗翻牆之類的事，毛茅可是做得很順手。

頂著夜色，也沒有驚動到凌霄，毛茅一行人順利離開了屋子。

按照林靜靜她們說的，被人咬一口的蘋果是在她們醒來後才發現，那麼把蘋果偷渡進來的時間點，就是在半夜至凌晨之間。

毛茅還特地問了林靜靜，蘋果出現的前一天晚上，她們是何時入睡的，再從這個時間點來將範圍縮得更小。

入夜的住宅區外像覆了一層安靜的面紗，路上人車變得稀稀疏疏，偶爾才聽見車子呼嘯而過的聲響。

林立路邊的樹木爲這裡投下了大片陰影，讓毛茅他們潛伏時更爲便利。

由於林又霜家在八樓，如果在底下埋伏，很難留意到上方動靜。毛茅打量了周遭一輪，眼睛一亮，找到了更適合他們窩藏的地方。

一棟在林又霜住所對面的公寓。

有毛絨絨在，毛茅他們輕而易舉就來到了頂樓陽台。

充作曬衣場的頂樓空曠得很，將海冬青連同他懷中的黑琅放下後，毛絨絨氣喘吁吁地從人形變回了鳥。

「陛、陛下……你眞的該減肥了啦……」毛絨絨拍著短翅膀，撲到毛茅懷裡求撫慰，「我剛飛到一半差點以爲要撐不住掉下去了……」

「那就是你遜。」黑琅冷漠以待，「朕一直都是如此苗條，從來沒有多餘的贅肉。」

「琅哥的身材就是最完美的沒錯。」海冬青毫不猶豫地附和著，同時一記冷冰冰的目光睨視過去，「琅哥的完美是你望塵莫及的，即使你再怎樣嫉妒，卻連他的肉球都比不上。」

「我才沒有嫉妒！」

「你有。」

「就說沒有了！」

「你怎麼可能沒有？」

海冬青現在看向毛絨絨的目光不單是冷冰冰，還夾雜著強烈的匪夷所思，如同在質疑著毛絨絨是不是撞到腦袋，居然會不認同他說的話。

「別跟大毛迷弟講道理啊……毛絨絨，認眞你就輸了。」毛茅見怪不怪地摸了一把毛絨絨的圓腦袋，把注意力放到對面大樓上。

沒有主人在的房間自然沒有開燈，窗內一片黑暗。

而神祕人士明知林又霜這幾日不在家，爲什麼依舊將蘋果往裡面送？

毛茅越想越覺得迷團像糾結在一起的毛線球，一時半會間都理不出個頭緒。他吐出一口氣，找個地方盤腿坐下，希望他想抓的那隻「兔子」，今夜也會自動送上門。

「幸好凌霄沒來。」黑琅將海冬青的懷抱視爲自己的王座，瞇著金眸，視線沒離開他們要觀察的目標大樓，「朕都可以想像得到他開始不停地從行李中掏出折疊椅、蚊香、捕蚊燈、小電扇，還有各種零食的畫面。」

「聽起來是眞的很像要準備露營了……所以我們要去買可樂上來喝嗎？我可以快去快回唷。」毛絨絨舉高小翅膀，自告奮勇地說。

「朕覺得可以。」黑琅抬起一隻胖爪爪，托著下巴肉，「朕覺得除了可樂外還要來點配菜，例如又甜又辣的烤雞翅。表面烤得焦黃焦黃，散發著香氣，油脂從翅膀尖滴落下來……」

「聽起來好好吃……」毛絨絨下意識吸溜著口水，「陛下，哪裡有賣……」

毛絨絨沒再問下去了，他膽顫心驚地發覺到，黑琅是盯著自己在做著美食介紹。

也就是說……

不不不，還是什麼都別說了！

深怕自己再開口，海冬青就會爲了他的琅哥把自己的兩隻小翅膀給烤了，毛絨絨急中生智地轉移話題。

「快看！有洋芋片和罐罐在天上飛！」

毛茅和黑琅反射性地仰高頭。

洋芋片和罐罐沒看見，卻瞧見林又霜臥室外的陽台上，赫然有一抹躡手躡腳的黑影入侵。

「出現了！」毛茅精神霍地一振。

黑琅動作最快，他跳下海冬青臂彎，瞬間變爲人形，抓過糰子般的毛絨絨就是奮力一扔。

毛絨絨壓根還沒反應過來，便聽到耳邊風聲呼呼，最重要的是……

自己正像火箭炮一樣地飛出去啊啊啊啊啊！

尖叫聲哽在喉嚨裡的雪球鳥如同被強勁擲出的暗器，準之又準地砸上陽台黑影的腦袋。

這重重的一砸，不僅僅是毛絨絨要暈過去了，就連黑影也是當場倒地。

一連串變故發生得太快，毛茅連出聲阻止都來不及。

眼見能帶他們飛過去的毛絨絨被當作暗器擊中神祕人，他果決地選擇方案B，「大毛！」

黑髮褐膚的男人霎時沒了蹤影，取而代之的是一條黝黑發亮的長鞭。

毛茅俐落一甩，鞭身頓時往外延伸再延伸，直到勾攀住對面大樓其中一層陽台的突起物。

「小青，走！」抓住海冬青的手臂，毛茅帶著人從頂樓跳下，藉著長鞭順勢盪了過去。

兩人身手矯健，幾個起落便穩穩找到地方落地。

同一時間，被暗器砸倒在地的黑影總算重新爬了起來，嘴裡還不住發出吃痛聲。

滾到角落的毛絨絨努力甩開眼前飛舞的金星，一邊吃驚地發現，那聲音是屬於女孩子的！

毛絨絨甚至還看見神祕少女在撐起身子的時候，有東西自她身上掉落。

紅通通的圓形物體骨碌骨碌地滾到了毛絨絨前方。

毛絨絨的豆子眼瞠大，是蘋果！

所以這一位……果眞就是送蘋果到靜靜堂妹房裡的眞正凶手!?

裹著一襲黑斗篷，把自己全身都包覆住的少女按著還在發疼的後腦勺，又驚又怒地四下尋找起襲擊她的暗器。

毛絨絨慌忙地滾到了更深處的陰影裡。

然而暗器還沒找到，少女就先發現了正朝著此處而來的兩道人影。

斗篷帽簷下的眸子倏地瞪大，少女低咒一聲，顧不得今夜的任務還沒完成，匆匆踩上陽台高牆邊緣，縱身躍了下去。

被氣流撐起的斗篷下襬就像是在夜間張開的黑羽翼。

少女不是一口氣就跳到地面，她將各層的陽台或是突出窗戶外的冷氣機當作踩踏點，敏捷的動作簡直像是蹬羚。

「毛茅，她就是蘋果少女啊！」毛絨絨忙不迭地變成了人，顧不得是否會驚動屋子裡的人，攀住牆緣就是高聲大叫。

蘋果少女？毛茅愣怔一瞬，旋即反應過來，對方就是紅蘋果的主人。

她是怎麼爬上八樓的？又是怎麼敢直接從八樓跳下去？她到底是什麼人？她究竟是不是魔鏡女孩？

許多問題在毛茅腦海中掠過，但也只是剎那的事。

不管如何，必須抓住她！

手中長鞭飛速再甩射出去，鞭尾直追斗篷少女的腳踝。

但少女速度太快，鞭尾只來得及擦過她的腳，落了一個空。

「三刀！」海冬青的契靈轉眼成形，三把長刀迅如閃電，緊追在斗篷少女的身後。

少女直覺地扭過頭，直逼她而來的銀光使她瞳孔驟然收縮，爲了擺脫長刀的追擊，她腳下猛一使力，往外用力跳躍。

也不知道她是怎麼做到的，先前還空無一物的手中，忽地出現了一條疑似圍巾的織物，接著那條圍巾勾上了電線桿間的長長電纜。

竟是將之當成了滑索，一晃眼便遠離了大樓。

還能這樣!?趴在八樓陽台的毛絨絨瞠目結舌，接著才慢一拍意識到自己應該要跟去阻攔。他的背後張開了一對結晶翅膀，然而還沒等他搧動、離開陽台圍牆，翱翔在空中的三刀猝不及防地變換了軌道，緊咬著斗篷少女的行蹤不放。

在海冬青的操控下，三把長刀疾速衝刺，大有把所有阻擋在前的障礙物碾碎的凶猛氣勢。目睹此景的毛茅險些要倒吸一口氣了，三刀要是眞的劈砍下去，連電線桿也會遭到無妄之災啊！

毛茅腦海已浮現電線桿斷裂、重重橫倒在路面上的驚人場景。

如果要讓破壞不波及到現實，就只能開啓回收場，可是那名少女說不定就會被回收場排斥出去……

毛茅的直覺告訴他，賭一把了！

晶石按下，回收場開啓。

亮紫與暗橙迅雷不及掩耳地呑噬了周遭所有一切景物，唯有毛茅、海冬青、毛絨絨，以及那名斗篷少女還保持著原有的鮮明色彩。

毛茅忍不住想爲自己歡呼了，直覺萬歲！

不論那名少女是什麼來歷，她都是能被回收場困在裡面的。

幾乎就在回收場架設完畢的瞬間，海冬青的契靈已經裹挾著驚天威勢，雙刀砍上了前方的電線桿，第三刀狠狠削斷了電纜。

紫色火花電光噴濺，水泥柱傾倒在地，砸出了巨大悶響。

斗篷少女當然是掉了下來，灰頭土臉地在地上滾了一圈。

「別想逃！」毛絨絨在高空中鼓足了聲勢大喊，背後羽翼一拍，結晶羽毛像箭矢般灑下，分別釘住了少女垂曳在地面的斗篷下襬，「妳是不是魔鏡女孩？」

察覺眼前情勢對自己不利，斗篷少女重重彈了下舌頭，不敢戀戰，迅速解開斗篷脫逃。沒了黑斗篷的遮掩，她的容貌一覽無遺。

一頭末端鬈翹的長髮烏黑如黑木，飽滿的嘴唇嫣紅如血，暴露在衣外的肌膚則有若凝雪，在色彩錯亂的紫橙空間裡，白得像是能發光。

假如林靜靜此刻在場，她一定會吃驚地喊道：啊，是那天偷看毛茅的美少女！

毛絨絨看呆了眼，甚至連翅膀都忘記拍了，頓時在空中失去支撐，「啪」地摔落地，形成了詭異的姿勢。

自家隊友的這一摔，似乎讓毛茅這方嚇了一跳，連帶地反應也慢了一瞬。

黑髮少女沒有錯過這瞬間，馬上加快腳下速度，消失在毛茅他們視線前，還不忘回頭比出了中指。

「我才沒有那種難聽的名字！」

等到毛茅他們回過神，少女早就逃逸得無影無蹤，再也看不見影子了。

「毛、絨、絨！」

恢復黑貓外貌的黑琅勃然大怒，二話不說先賞給還趴在地上的白髮少年一頓貓貓拳連打，最後一屁股坐在他腦袋上。

「陛下、陛下！我的脖子……我的脖子要斷了啊！」毛絨絨哀叫。

「斷了正好可以換一顆聰明點的腦袋。」黑琅陰森地說，「朕很不高興，超級不高興，而這通通是你的錯！」

原本可以逮到的蘋果凶手就在眼前，毛絨絨的一個失誤，卻讓他們這一趟變得無功而返。

黑琅越想越氣，垂下的尾巴立刻抬起，啪啪啪地打上了毛絨絨。

「嚶嚶，求放過啊……陛下……」毛絨絨啜泣。

「還不給朕說清楚，你沒事從上面跌下來做什麼？身爲一隻沒用的鳥，你連飛都不會了嗎？那你還活著幹嘛？」

「活著可以看更多漂亮的女生嗚嗚……例如剛剛的美少女……」

「啊？這世上除了毛茅以外，還有誰能勝過朕的美貌？」

「可是、可是……那美少女的胸超級平！根本就是我理想中的貧乳美少女啊！」

「……大毛。」毛茅鄭重地說，「還是把毛絨絨就地掩埋了吧。」

「不不不！別埋我！千萬別埋我！」或許是腎上腺素爆發，毛絨絨竟然把壓在他身上的黑琅掀翻，火速跳了起來，「我有把那位平平美少女的臉記下來，回去我馬上試著素描一張！」

「為什麼叫平平美少女？」毛茅不能理解這綽號的由來。

「嘿嘿……」毛絨絨捧著臉頰甜蜜傻笑，「叫平胸或貧乳不好嘛，所以用『平平』兩個字，表現我對她胸部的愛。」

「喵的，真變態。」黑琅一臉嫌棄。

海冬青身體力行地將黑琅抱離了變態，免得黑琅受到荼毒。

沒理會沉浸在粉紅色妄想中的毛絨絨，毛茅看了一眼橫躺在馬路上的半截電線桿。

幸好及時開了回收場，要不然就不知道該怎麼交代了……

總不能跟林又霜說為了抓送蘋果的凶手，所以他們把她家外面的電線桿給砍了。這話說出去，估計沒人會相信的。

「你覺得會是新的人形污穢嗎？」海冬青問。

毛茅沉吟一會，「不好說。她能待在回收場裡，做的事也不是普通人能辦到的。但她剛剛和我們沒正式打起來，依照以往經驗，魔女在動用力量的時候，才會產生污穢特有的波動。」

「也就是沒辦法判斷了……嘖，早知道應該逼她動手的。」黑琅扼腕地說。

「不行啦，陛下，怎麼可以對我的平平美少女動手？太粗暴了！」

「把那個蠢稱呼吞回去，敢再讓朕聽到一次，朕就把你當球踢。」

「那那那，如果她眞的是魔女的話……我一定要叫她白雪公主！」

「白雪公主？」

「對啊，皮膚白得像雪，嘴唇紅得像血，頭髮又像烏木一樣漆黑……她還拿著蘋果，我有把蘋果特地撿起來。你們看，她一定是把蘋果放在她香香的胸前，我要把這顆蘋果帶回去好好珍藏。」

沒人理毛絨絨。

「目前能確定的是，白雪公主和魔鏡女孩不是同一人……小青，你怎麼看？」

「沒抓到面前逼問，無法判定雙方之間是否有關係，但她下一次可能就不會再出現了。」

「啊，對喔。這次碰上我們，下次肯定有戒心了。」

「起碼她不再過來這放蘋果的話，你也算是幫林靜靜的堂妹解決了一個問題。朕乏了，要回去吃宵夜了。」

「嗚嗚，理我一下啦……毛茅、陛下！」

毛絨絨哭哭啼啼地追著毛茅他們而去，周圍的紫橙色漸漸剝落淡去，正常的色彩開始逐漸歸來……

發現四周景物色彩恢復正常，黑髮少女知道自己從那個詭異的空間脫離出來了。同時這也代表著，剛才的那群人放棄了對她的追擊。

「居然想抓我、居然想抓我、居然想抓我，怎麼可能成功？我那麼厲害。」少女毫不在意地踩踏上停在路邊的汽車車頂，再躍上圍牆，最後如飛鳥般，輕巧落在一旁屋宅的屋頂上。

月光將她的臉映照得越發螢白，彷彿一捧最潔淨的雪。

「要不是那個人交代過了，不然我早就……可惡、可惡、可惡，這樣感覺我好遜，我明明那麼強的。」少女眉宇間罩著陰沉，她從懷裡再掏出一顆紅蘋果，洩恨般地大咬一口。

她在別人家屋頂上跑得飛快，寬大的裙襬隨著夜氣飄擺。

若有人抬頭一看，就會發現這稱得上不可思議的一幕。

少女一點也不忌諱被人看到——因爲她知道這個時間點路上根本沒什麼人，也不會有誰無聊地抬頭向上看。

像要證實自己的想法，她握著蘋果，隨意往下方掃視。

卻和兩雙吃驚的眼睛對上。

少女瞪圓了眼，低咒一聲，手裡的蘋果也不吃了，不假思索地就朝路上的紅髮少女和金髮少年扔砸了過去。

如同在表達著「看屁啊」的意思。

不想再被別人多看，少女直接轉了方向，從屋頂另一側跳下，消失在那兩人的視線中。

但即使如此，那驚鴻的一瞥也足以讓姜連翹和杜伏苓將她看得一清二楚。

雪白的肌膚、嫣紅的嘴唇，還有那．頭漆黑如烏木的長髮……

「現在的美少女是有什麼毛病啊……」杜伏苓喃喃地說，立刻被姜連翹打了一掌。

「誰有毛病？不要一竿子打翻一票人。」

「我是說那個，剛在屋頂上跑的那個啦。」杜伏苓連忙改口，「連翹，妳剛有看到嗎？她居然在屋頂上跑……」

「有辦法做到這種事的……除穢者還是實習生吧？你管那麼多。」姜連翹看了一眼地上被咬一口的蘋果，嫌棄地蹙起眉，「眞沒教養，也不知道是哪間學校的人……別看了，人都不見了，我們也回去吧。」

「咦？可是本來不是說要去巡視一下……」

「不巡了。明天遊戲換我玩啊，不准跟我搶。」

「好啦、好啦。」

沒將行爲怪異的黑髮少女放在心上，杜伏苓與姜連翹轉過頭，踏上返家的路途。

又是一夜安穩地過去，林又霜睡醒後只覺得神清氣爽，精神飽滿。

將窗簾「唰」地拉開，迎入滿室金燦溫暖的陽光，林又霜第一次覺得乾淨的玻璃窗也是一種值得欣賞的美景。

沒有可怕的紅字出現在上面，真的是太棒了！

林又霜立刻開始考慮起今天要做些什麼。

時家的別墅對她來說又大又豪華，但畢竟是別人家，而且自己和時家兄妹也沒什麼交集。不像自己的堂姊，還是時衛的社團學妹，讓她一整天待在這裡還是有些不習慣。

所以一看到今天是個好天氣，林又霜便迫不及待地向林靜靜提了她想到街上逛逛。

「確定不用我陪妳？」林靜靜還是不放心。

「不用、不用。」林又霜搖著手，「我都那麼大了，才不是小孩子。平常我都自己到街上晃的，而且這裡是櫻草，是我地盤耶。」

「但是……」

「別但是啦，靜靜。我不會太晚回來，有問題立刻跟妳聯絡，這樣行了吧？」

魔鏡女孩的問題還沒徹底解決，林靜靜心中多少還有一些顧慮。但轉念一想，之前發生怪事都是在半夜，挑她們入睡的時候，現在是大白天，應該不可能出什麼事吧？

何況正逢連假，才國中的林又霜要是一直待在屋子裡不出去，恐怕也會憋壞的。

「不准太晚回來，不准跑到偏僻的地方，碰到問題要馬上打電話給我。」林靜靜拿出堂姊的威嚴，和林又霜約法三章。

能夠到外面解放一番，即使是約法十章，林又霜也會立即答應的。

拎著自己的小包包，林又霜心情愉快地前往市區，先看了一部想看的電影，再到百貨公司悠閒地消磨時間。

這一、兩天的安穩，讓她都要覺得魔鏡女孩已經銷聲匿跡，不再將她視作目標了。林又霜甚至打算把魔鏡女孩的帳號重新封鎖，但想了想，還是決定封鎖前先跟林靜靜他們說一聲。

買了支霜淇淋，林又霜心滿意足地離開百貨公司。

一踏出涼爽的空間，迎面撲來的是有些悶熱的空氣，她差點又想轉頭再走回去了。

假如不是還記掛著對堂姊的承諾。

不能太晚回家，不能太晚回家……林又霜在心底默唸，她舔著霜淇淋，靠融化在舌尖的冰涼來驅散熱氣。

怕冰融得太快，她還專門挑有陰影的地方走，大半心思都放在舔食霜淇淋上，只分出了一點注意力盯著路面。

基本上，林又霜是不太擔心的，這條人行道她早就走過無數次，哪邊有突起，或是哪邊紅磚迸開裂縫，她都記得一清二楚。

因此，當她的小腿忽地像有東西快速碰觸又離開，她還沒意識過來發生什麼事，恍惚間還以爲只是強風吹過。

直到旁邊有人驚訝地嚷，「小妹妹，妳的腳……妳的腳受傷了？」

什麼？誰受傷了？

林又霜眨了下眼睛，不自覺地轉頭看向旁邊，店鋪的櫥窗玻璃倒映出她的身影。

天藍色一字領上衣，卡其色九分褲，白色短襪包覆住纖細的腳踝，搭配黑色平底帆布鞋。

原本應該是這樣。

但不知道什麼時候，襪子上出現了刺眼的污漬。

林又霜怔怔地低頭往下一看，襪子內側汩汩滲出了鮮血，暗紅的痕跡漸漸往外擴散，將雪白的布料染出了一塊怵目驚心的……

還剩下一半的霜淇淋砸落在路面上。

見到有小女生受傷，附近馬上有熱心店家提供醫藥箱。

帶著和善笑容的女店員替林又霜做了簡易的消毒和包紮，不忘交代對方晚點還是要去診所一趟，看一下醫生會更保險。

從頭到尾，林又霜都處於一種呆滯的狀態。她知道自己身上發生什麼事，可感官猶如被厚厚的一層膜包覆著，讓她對外界的反應變得遲鈍。

林又霜隱約記得自己好像有跟那位好心的大姊姊道過謝，她茫然地走在人行道上，腦中仍是一片空白，渾然不知道自己該走到何處。

直到她貼身放在褲子口袋裡的手機震動起來。

林又霜機械性地滑開手機螢幕鎖，看著收到的訊息，她的眼睛逐漸瞪大，瞳孔遽然收縮。

林又霜發出了如同哽咽又像是呻吟的音節，握著手機的手指微微顫抖，體內血管彷彿在這一刻產生了逆流。

以爲再也不會有動靜的魔鏡女孩帳號跳出了通知。

上一個挑戰完成，新挑戰是將高中男生推下樓梯，或是妳自己摔下樓梯。

上一個挑戰？上一個挑戰是什麼？林又霜視線上移，看向了上一欄對話框。

上一個我代勞了，我希望下一次不會再是由我來。新挑戰是在自己腿上割出十公分長的傷口，或是剪下一個高中男生的十公分頭髮。

她沒有剪下高中男生的頭髮，所以……林又霜如同迎面挨了重重一擊，再也掩不住驚恐地低頭看著自己被包紮過的腳。

上面已經被紗布覆蓋住了，但是她還記得，那是一道很長的傷口。

比她的手掌還要長。

肯定也超過十公分了……

「啊啊……」林又霜的手猛烈顫抖，差點就要握不住手機。

爲什麼？不是應該沒事了嗎？

魔鏡女孩不是不會再出現了嗎？

然而腳上不停傳來的疼痛正殘酷地提醒她，魔鏡女孩根本就沒有放棄，還在盯著自己。

但是，在哪裡？對方是怎麼割傷她的腳的？究竟又躲在哪裡？

林又霜倉皇地東張西望，試圖尋找出任何可疑的身影。可放眼望去，路上行人來來往往，一切都看似和平常無異。

就在林又霜瞪得眼睛都痛了的時候，手機又冒出一聲提示音，她惶惶然地再點開一看。

竟又是魔鏡女孩發來了第二條訊息。

魔鏡女孩會看著妳，別想停止。

無助和恐懼有如大浪漫淹過林又霜的心，讓她一時幾乎無法呼吸。

好可怕、好可怕、好可怕、好可怕、好可怕——

林又霜覺得自己的腦袋裡像有隻怪獸在咆哮，讓她想抱著頭，蹲下來放聲大哭或是尖叫。

好可怕、好可怕、好可怕、好可怕、好可怕！

新挑戰是在自己腿上割出十公分長的傷口，
或是剪下一個高中男生的十公分頭髮。
上一個我代勞了，
我希望下一次不會再是由我來。
魔鏡女孩會看著妳，別想停止。

爲什麼偏偏就是她遇到了這種事啊！

林又霜顧不得小腿的疼痛，她蹲下身來，把臉埋進掌心裡，明明天氣正熱，唯有她一個人像置身於冰窖之中。

有行人關心地上前詢問她是不是不舒服，她好半晌才抬起臉，然後慢慢地搖了搖頭，拒絕了旁人的好意。

知道自己繼續蹲在人行道上會引來更多注目，林又霜蒼白著臉，失魂落魄地走在街頭。眼眶裡噙著的淚水似乎隨時會掉落下來，她小小聲地哽咽著，時不時用手背抹抹眼角。

這已經不是她一個國中女孩有辦法承受與面對的，她不知道該怎麼辦。

正當她以爲可以不用煩惱的時候，現實給了她一個重重的打擊。

林又霜抹著眼淚，握著手機的手指用力到指關節泛白。她想到魔鏡女孩給予的新挑戰，如果不推一個男孩子下樓，就是自己會摔下去。

兩次的經驗告訴她，假如自己不去實行，魔鏡女孩就會親自動手，她會被推下……

大太陽底下，林又霜卻控制不住地打了個寒戰。

她看著手機，點開了通訊錄，看著上面的一排名字，最後下定決心，往其中一個點了下去，撥出號碼。

「喂喂？」林又霜努力保持聲音的平穩，盡量不要發抖，「是毛茅嗎……」

第八章

毛茅接到林又霜打來的電話時，是下午三點多左右。

雖然之前就交換了手機號碼，但這還是對方第一次打給他，主要都還是林靜靜和自己聯絡的。

毛茅聽出了對方的聲音有點沙啞，語氣雖然平穩，但尾音仍流洩出一絲顫抖。就好像，碰上了什麼不好的事。

「魔鏡女孩」這個名字最先閃過毛茅的心裡，他沒在電話裡多加追問，而是先裝作什麼也沒發現，記下了待會的會面地點。

林又霜說有重要的事想先跟他講。

將翻閱了一些的書再放回書架上，毛茅匆匆結束了他的書店行程，趕往林又霜電話裡提到的路口附近。

從地圖上來看，那邊明顯的地標就是一間連鎖咖啡店。

毛茅中途還傳了訊息給林靜靜，旁敲側擊地詢問林又霜的狀況，好推論出對方到底是發生了什麼事。

又霜？她出門逛街了啊。

林靜靜的回覆從手機上跳出。

我看她待在社長家像要悶壞了，就答應她，讓她出去了。不過我有特別交代，不准去人少的地方，也不准晚回家。

毛茅看著林靜靜的回應，眉間躍上了一抹思量。

既然林靜靜沒察覺到異樣，那就表示是林又霜出門後才發生……反射性地，毛茅想到該不會是魔鏡女孩與林又霜聯絡了。這個猜測讓他加快腳步，一路衝刺著往見面地點前進。

毛茅很快就望見那間有著綠色顯眼大招牌的連鎖咖啡店。穿著天藍色上衣、綁著包包頭的圓臉女孩就站在騎樓下，一臉心神不寧地出神著，連毛茅跑近都沒有發覺到。

「又霜？」毛茅喊了一聲。

「啊！」林又霜嚇得臉色都白了。

毛茅也沒想到對方的反應會那麼大，他迅速打量對方一遍，在那雙黑眼睛裡看見了驚惶失措，這更加證實了他先前的猜想。

但毛茅表面不動聲色，露出了開朗的笑臉，「嗨，又霜。」

「嗨、嗨……」林又霜小小聲地打了招呼，飄移的視線透露出她的緊張。

「妳找我有什麼事嗎？」毛茅也沒揭穿。

「那個，我……」林又霜不太敢盯著毛茅的臉，她吞吞吐吐地說，「我們邊走邊說吧。」

毛茅沒有拒絕，跟著林又霜一起走上了大馬路上的天橋。

天橋下車水馬龍，一輛接一輛的車子飛快駛過，吵雜的人聲、車聲像是從四面八方而來。

這是一個再普通不過的下午。

林又霜的掌心卻在冒著汗，她偷覷著身邊的毛茅，快到下樓梯的位置時停下了腳步。

「又霜，妳想跟我說什麼？」毛茅耐心問著，臉上的笑容讓人容易放下心防。

「我想跟你說……」林又霜喉嚨發乾，她快速瞄瞄四周，天橋上現在就只有他們兩個，沒有其他人。

所以也不會有人看到她做了什麼事。

想要把握機會，就得趁現在。

但無論腦內告訴自己多少次，林又霜發現自己就是伸不出手，甚至從指尖處開始劇烈顫抖起來。

不行！林又霜猛地用力握住自己的手，就像眼前有洪水猛獸般，後退了一大步。

「又霜？」毛茅疑惑地轉頭看向她。

那張稚氣臉蛋上的笑容依舊那麼溫暖。

「我沒辦法……我做不到，我根本做不到啊！」林又霜再也忍受不了，緊繃至今的情緒終於潰堤，她當場蹲了下來，摀臉嚎啕大哭，「對不起、對不起……都是我的錯……」

「又霜，怎麼了？」毛茅急忙蹲下身，不忘從身上翻找出面紙，「妳別哭啊。」

「我……嗚嗚嗚……嗚、嗚嗝……」林又霜哭到都打嗝了，眼淚就是停不下來。

看得出來林又霜是需要一個發洩的管道，毛茅就陪在她身邊，適時遞上面紙給她擦眼淚。上來天橋的行人還以爲蹲在一旁的是一對鬧脾氣的小情侶，好奇地看了一眼便離去。

林又霜哭了好一陣子，聲音都啞了，但心底的沉重感確實也稍微減輕一些。她吸吸鼻子，拿過毛茅遞來的面紙，抹抹眼淚，再用力地擤了擤鼻涕。

「對不起啊……」林又霜的眼睛紅通通的，看著毛茅的眼神還帶著愧疚。就算她沒有眞的實行魔鏡女孩的指令，但剛剛卻曾冒出那個想法。

現在回想起來，林又霜都覺得自己是鬼迷心竅了。她居然猶豫過要把毛茅推下樓梯，她怎麼會變成這麼可怕的人？

眼淚又迅速在眼底聚集，林又霜咬著嘴唇，怕一張開嘴巴，衝出喉嚨的就是哭聲。

毛茅一向處變不驚，但眼看面前的女孩子又要像關不住的水龍頭般掉下淚，這下也是忍不住感到棘手了。

「這時候，你需要一顆可愛的氣球，小朋友。」有道平直的男聲像救世主般降臨，提供了解決方法。

「要來隻兔子嗎？還是小貓咪？」第二位救世主也出現了。

「項冬學長、項溪學長？」毛茅錯愕地看著突然出現在視野內的兩人。

模樣如出一轍，僅有劉海顏色相異的兩名紫髮少年在這一刻感受到了深深的感動。

「被正常地稱呼了。」項冬說。

「還兩個名字都有加學長。」項溪說。

「你們的要求真的挺低的耶，學長。」毛茅同情地看著兩位二年級學長，「你們到底是經歷過什麼慘無人道的事？等等，我好像也沒興趣知道……小貓氣球，謝謝。」

本來打算傾吐一番心聲的項冬卡住了聲音。

項溪瞥了沒用的兄弟一眼，將橘色的小貓氣球遞給了毛茅。

「學長，你們怎麼會在這？」毛茅將氣球轉交給林又霜，後者臉上露出些許驚喜。

「打工，發氣球。」項冬說。

「然後看到學弟，關心學弟。」項溪說，「小朋友，回去記得跟凌霄先生說，請他發我們獎金。這樣我們就不打小報告，說你和小女生約會了。」

「不是、不是！」還沒等毛茅否定，林又霜先大力搖手，「我喜歡比自己更高的，臉最好能像社長那樣！」

項冬、項溪有志一同地認爲，第二項標準估計會讓這位小女生以後都找不到男朋友。想要和時衛那張臉媲美，太難、太難。

身高只有一五五的毛茅揉了揉臉，「……學長們還有事要忙吧，就不耽擱你們了。」

「反正氣球發完就行。今天只有你一個人？」項冬的意思是難得沒瞧見毛絨絨或黑琅跟著毛茅，「等等，這位該不會是？」

項冬和項溪都是第一次見到林又霜，從外貌、年齡判斷，大概是國中生，加上她又喊時衛「社長」，但是他們社團裡最小的社員就是毛茅了……

綜合這些推論，他們兄弟倆立刻得出一個答案。

「林靜靜的堂妹？」

「咦？你們怎麼知道我？」

「這兩位學長也是除魔社的。」毛茅爲林又霜介紹。

「你們除魔社難道是說好一起來櫻草玩的嗎？怎麼到處都能碰到……」林又霜納悶地說。

雖然面前是一對俊俏的雙胞胎兄弟，可或許是先看過時衛的緣故，對於項冬、項溪他們的長相，林又霜就沒那麼激動了，一顆少女心平靜無波。

目前唯一能讓她有所波動的，只剩下魔鏡女孩的存在。

「那學長們，也知道……」林又霜問得小心翼翼。

項溪倒是聽出她想問的，「魔鏡女孩？知道，我們還在可憐兮兮地幫社長跑腿查資料。」

「社長還不給錢。」項冬語氣有絲悲傷，「不過我們還是硬拗到了這幾天的食宿補助。」

「四星級飯店，挺爽的。」項溪一本正經地說，「小朋友下次可以來我們房間睡。」

「不要，不要，還是不要。」毛茅一連給了三個否定的答案，「又霜，妳現在好多了嗎？能不能跟我們說說……發生了什麼事？」

林又霜霍地想起先前想做的壞事，一張臉漲得通紅。她低下頭，聲音細若蚊蚋地說，「我剛在逛街的時候，腳上無緣無故被割傷了……可是那時候我旁邊明明沒人，傷口很長……」

毛茅笑意斂起，想到了魔鏡女孩上一回發出的指令。

——不剪下一名高中男生的頭髮，就在自己腿上割十公分的傷口出來。

很顯然，魔鏡女孩這一次又親自代勞了。

「她有再傳其他訊息給妳嗎？」

「有的……」林又霜的頭垂得更低了，像是恨不得把自己埋入地裡。

毛茅接過一看，頓時理解剛才林又霜那番舉動的背後含意，也明白爲什麼小女生會突然間像情緒崩潰般地大哭。

「把高中男生推下去，或是自己摔下樓梯？」項冬眉頭像能夾死蒼蠅，「眞爛的指令。」

項溪犀利的目光倏地掃視了周圍一圈，再回到毛茅和林又霜身上。

這裡是天橋，毛茅又是符合條件的人選，這要項溪不多想都很難。

毛茅察覺到項溪的神色變化，對他不著痕跡地搖搖頭，要他當作什麼也不知道。

毛茅他們最後沒有轉移地點，就在天橋上直接把魔鏡女孩的事攤開來講。

「弟弟，這些幫忙發完。」項冬把自己手上的氣球一股腦都塞給了項溪。

「輪流發，不然身爲哥哥的我可不幹。」項溪提出了條件。

於是項溪負責向走上天橋的民眾發送宣傳用的氣球，項冬負責加入毛茅和林又霜的談話。

林又霜不敢有所隱瞞，把自己在路上受傷的事細細地再講述一遍，連一點細節都沒放過。

毛茅看著手機上那一行「魔鏡女孩會看著妳，別想停止」，問道：「除了靜靜外，妳還有跟誰說過出門的事嗎？」

「沒有。」林又霜說，「我沒跟其他人說……」

「想到什麼了嗎？」毛茅看見林又霜忽然露出不確定的遲疑表情。

「在IG上說……算嗎？」她心虛到連聲音都成氣聲，「我習慣天天在上面PO照片……啊，不過社長他們家我絕對沒有洩露在哪裡的。我有經過社長同意，只拍了屋裡一部分照片，拿來跟……咳，跟同學炫耀一下在豪宅度假。」

「假如從科學的角度來看，只要追蹤妳的IG，那麼妳的行蹤就很好掌握。」毛茅說，「我們繼續假設一下，對方知道妳搬到某個地方，那不是他能隨意入侵的，所以才按兵不動。然後等到妳出門，他就偷偷尾隨，再趁機動手，故意發訊息，製造恐慌。至於如何動手，可能就要算作不科學的地方了。」

林又霜只抓到一個重點，「也就是說……我待在社長他們那邊，的確是安全的？」

毛茅想了想時衛說的那堆監視器，再想想時衛和時玥雪的戰鬥力，點了點頭。

即使時衛體虛，但好歹還是有十幾分鐘的戰鬥力……吧。

「這幾天妳要是想出門，找人陪妳。」毛茅慎重地交代，「找我、社長或是玥雪，不可以只單獨找靜靜。」

「眞沒人的話，找我們也行。」項冬和林又霜交換了LINE的帳號。

「好、好的……」林又霜有些感動，沒想到那麼多人願意幫她。

「我打個電話，等等再陪妳回去。」毛茅要林又霜別單獨離開，「喂？爸爸，是我……」

聽到「爸爸」兩字從毛茅嘴巴裡跑出來，如同反射動作一般，項冬和項溪都自動離開毛茅一大步。

見項溪的氣球還沒發完，項冬給了一記鄙夷的眼神。

項溪回瞪過去。走天橋的人就這麼少，他是能發給誰？

兩兄弟正用眼神角力，另一端的樓梯又上來了人，分別是金髮少年和紅髮少女。

在講手機的毛茅碰巧看到，露出了一個微訝的表情。

是杜伏苓和姜連翹。

他們兩人也看見毛茅了，可能是還記掛著昨天發生的不愉快，杜伏苓直接擺了一張臭臉。

項冬自然不知道這兩人和毛茅之間曾有摩擦，順手將氣球遞了出去。

杜伏苓連手都沒伸出來，姜連翹笑著接過了。

既然稱不上是有交情的朋友，毛茅也沒有特別打招呼，他繼續和手機另一頭的凌霄說話。

「嗯，目前大概就是這樣了……不過放蘋果的人倒是找到了，可惜她跑得太快，我們沒追上。」毛茅還是善良地幫毛絨絨遮掩了一下他被人家的貧乳魅惑得從天上掉下來的黑歷史，「是個女孩子，皮膚很白、頭髮很黑、嘴唇很紅……」

「這聽起來……」林又霜喃喃地說，「怎麼好像白雪公主啊？」

「事實上，我們也打算用『白雪公主』這個名字來稱呼她了。」毛茅分心對林又霜說，「社長也同意這個名字了。」

誰也沒注意到拾階而下的兩人頓了下腳步。

白雪公主。

姜連翹和杜伏苓都沒漏聽這個字詞，更沒有漏聽那一句同樣關鍵的話語。

是個女孩子，皮膚很白、頭髮很黑、嘴唇很紅……

姜連翹和杜伏苓幾乎同時想到了昨夜見到的那名黑髮少女。他們心臟狂跳，眼內燃起了熊熊的光芒。

行爲異於常人，外貌完全符合，還在夜間出現……那名少女是不是有可能就是那位「白雪公主」？

換作是一般人，大概只會以爲毛茅他們在說童話故事，可是姜連翹他們知道，會讓除穢者或實習生用童話角色來稱呼的，只有——

魔女。

□

隔天一早，手機鈴響和急促的敲門聲同時拜訪毛茅。

毛茅簡直想把棉被一拉，蓋住頭，當作什麼也沒聽見，他只想好好地睡個覺，爲什麼有這麼難呢？

來櫻草市的這個連假，他幾乎天天被各種外力吵醒，還連睡回籠覺的機會也沒有。

但不論是打電話的人，或是在房間外的人，顯然都沒打算要放棄，依然鍥而不捨地進行著擾人清夢這項大業。

毛茅認輸了。

「我醒了！外面的不管是誰都進來吧，然後做好被我卡嚓掉的準備！」毛茅多少還是有些起床氣，他這一喊，把門外的人嚇得瞬間沒了聲音。

毛茅用腳趾頭就能猜到，來敲門的想必是毛絨絨了。

頂著一頭亂髮坐起，毛茅先接起電話，在最短的時間內把聲音調成清醒模式，不讓人發現他剛睡醒。

「靜靜早，是社長他們抓到魔鏡女孩了嗎？」

毛茅倒是沒往林又霜可能又受傷的方向想。

經歷過昨天走在路上卻無端被割傷，還找不到凶手的意外後，林又霜堅決不肯再踏出時家別墅一步了。

而魔鏡女孩想再動手，就得闖入時家的別墅裡。

毛茅不覺得對方有辦法成功，他敢以黑琅的那身脂肪發誓。

「沒有……」林靜靜哀怨的聲音傳來，「要是能抓到就好了。唉唉，這樣我也可以早點回去，每天有帥哥美女欣賞是很好，但是……但是帥哥要是能閉上他的那張嘴就更好了。」

毛茅可以充分感受到林靜靜的濃厚怨念。

「反正，魔鏡女孩沒出現就是了。」林靜靜遲疑了一下，「毛茅，我該不會……吵到你睡覺了？」

「沒有，我正好起來了。」毛茅走去打開房門，果然瞧見毛絨絨像小媳婦般瑟縮在門外。一見到房門打開，毛絨絨的眼睛裡亮起星星般的光芒。

毛茅抬起手，先阻止了想張嘴的毛絨絨。

毛絨絨注意到他在講電話，連忙乖巧地在嘴巴前比了一個×的手勢。

林靜靜還是覺得有點不好意思，趕緊直奔重點，「我今天在逛『我是櫻草人』……它是櫻草市在地人創的社團啦，上面說今天發生了好多起嚇人的事件耶。」

「嚇人的事件？」

「嗯，就是小動物被虐殺……小貓、小狗、小鳥啊，今天類似的帖子一口氣出現了好多，都是說在自家附近看到的。而且有的除了小動物的屍體外，不知道爲什麼還潑了血上去，大家都在討論該不會是變態做的吧。」

「發生事情的地方都離得很近嗎？」

「又霜說沒有，大部分都離得滿遠的。」

「聽起來……犯案的很可能不只一個人。」

「還有人貼了照片上來，說是他們家裝的監視器拍到的可疑人物。在半夜經過他們家，還拎著寵物籠……我傳給你喔。」

「等等，妳傳給毛絨絨。」

我？被點名的毛絨絨訝異地比比自己，接著他的手機就收到林靜靜發來的照片。畫質有些模糊，大致能夠看出是十幾歲的男孩子，不會超出高中生這個範圍。

林靜靜很快又發來一張照片。

這次是另一位網友提供的，一樣是在半夜拍到，提著鳥籠，只不過性別換成女性，看起來就是一名國中女生。

「現在的人在想什麼啊……」林靜靜難以置信地咕噥著，「棄養就已經很要不得了，居然還把小動物帶去……」

「這些事情，看起來不像偶發事件呢，總覺得彼此間有種關聯性。」

「咦？關聯性？」

「因為發生時間點相近，性質又類似……靜靜，還有其他人提到有關犯案者的消息嗎？」

「我看看喔……」林靜靜在另一邊刷著社團動態，「啊，有有有。有人說他凌晨去晨跑時，有瞄到好像國中生的人影出現在犯案現場附近，他那時候沒多想，等跑回來後，就發現有隻小貓被……」

「嗯，目前得知的嫌疑犯年紀也都很相近……」

「感覺像是一群國高中生被誰命令去做這種事情啊……」林靜靜天馬行空地想著，「總不會是魔鏡女孩吧哈哈……」

林靜靜說到後來，笑聲變得乾巴巴的，她驚恐又小心翼翼地問：

「毛茅，不會……真的是吧？」

「可以列入可能性之一。」毛茅說，「靜靜，能麻煩妳跟又霜說一聲，請她在櫻草市的地圖上把這些事發地點圈出來，再傳給我，好嗎？」

「好喔，沒問題，到時候我再發給你。」

「毛茅，你要那個做什麼？」毛絨絨好奇地問。

「總覺得會派上用場啊，就有備無患吧，順便找找這些地點有沒有什麼關聯。」毛茅打了一個呵欠，總算可以去刷牙洗臉了。但才跨出腳步，他又轉了回來，差點忘記還有一個毛絨絨在，「你敲我房門是要幹嘛？」

沒被忽視的毛絨絨感動極了，「毛茅，我要跟你說一個大發現！我剛剛飛出去的時候，發現凌霄先生在大門外跟人說話。」

「這有什麼好奇怪的？他平常還會跟貓和鳥說話呢。」

「哇，這聽起來真的比較奇怪……不對，我就是那隻和凌霄先生說話的鳥啊！」毛絨絨後知後覺地意會過來，「但是和凌霄先生說話的那個人，肯定會讓毛茅你嚇一跳的。」

「喔。」毛茅冷漠地說，「我去刷牙洗臉了，你在廁所外講給我聽吧。」

「是金盞小妹妹啊。」毛絨絨真的乖巧地蹲在廁所外，語氣興奮地宣布答案，「我躲在樹上，把他們的對話都聽完啦。」

毛絨絨開始學著凌霄和金盞說話，雖然聲音不像，語氣倒是模仿得唯妙唯肖。

「凌霄先生說，再不回來，就不用回來了，我可以再找其他的選擇。」

「金盞說，不行，你都答應要養我了，三餐下午茶，還有陪玩陪散步……後面兩個其實可以不要，但總之不准反悔。再給我兩天時間，除了約定好的事，我還能再替你多做一件事。」

「然後呢？」毛茅從廁所出來，被挑起了興趣，那兩人間的對話任誰聽都不像一對父女。爸爸和妹妹之間果然有祕密呢，毛茅想。

「然後凌霄先生就說，我會把要妳去做的事用手機通知妳。再然後，金盞就好像很生氣地跑走了。」毛絨絨轉播完畢，「毛茅，你爸爸……」

毛茅以爲毛絨絨也發覺到凌霄和金盞的相處模式一點也不尋常。

「你爸爸居然是對女兒嚴厲，對兒子溺愛的類型啊。」毛絨絨感嘆地說，「怎麼不懂得珍惜小女生呢？尤其金盞一看就是長大會成爲平胸美少女的類型。」

毛茅微微一笑，握緊拳頭，決定代替自己的妹妹先教訓毛絨絨一頓。

林又霜效率很好，過沒多久，一張被標上許多紅色圓圈的市區地圖就傳到了毛茅的手機。

毛茅將地圖再分別傳給項冬、項溪，請他們在空暇時幫忙查看一下其中幾個地方，看是否有哪裡不妥。

毛茅走下樓梯，「小青，今天別擼貓了，有空嗎？」

「沒空，不約。」即使是面對自己的青梅竹馬，海冬青也能展現冷酷的一面。

不過冷酷會有報應的，馬上就有一記凶猛的貓貓拳不客氣地朝海冬青砸了上去。

「再給朕說一次！」黑琅恫嚇著。

「有空，約。」海冬青的立場一百八十度大轉變。

「有空就好，不一定非要跟我約。」毛茅把櫻草市的地圖也分享給海冬青，「小青，幫我去看一下上面標出來的地方吧。我一個人估計是看不完的，所以要拜託你幫個忙了。」

「爲什麼上面要畫紅圈？」海冬青問道。

「我！問我！我知道！」毛絨絨力求表現，將林靜靜的發現三言兩語地濃縮完畢。

海冬青也沒多問毛茅想調查什麼，只是點點頭。

扣掉分給項冬、項溪的目標位置，毛茅看著地圖上的紅圈，做了簡單的分配，打算和海冬青分頭行動。

作爲感謝的回報，毛茅把掙扎不休的黑琅交到了海冬青手上。

變回雪球鳥的毛絨絨蹲踞在毛茅頭頂，爲自己能霸佔毛茅而竊笑著。

但是當一張精緻細膩的美麗面孔驀地進入自己的視線後，毛絨絨的竊笑僵住了。

他震驚地看著無預警上門拜訪的時玥雪，差點想舉起小翅膀捧臉尖叫。

爲什麼會殺出這個程咬金啊啊啊啊啊！

誰也不曉得毛絨絨的心理活動有多洶湧澎湃。

毛茅瞧見時玥雪是有些驚訝的，「玥雪？」

「哥哥在家當他的網癮廢人，我想說來櫻草市好像沒好好地逛過，就來找毛茅您了。」時玥雪遲疑地看著準備要出門的紫髮男孩，「我會打擾到您嗎？」

毛茅愣了愣，隨後咧開大大的笑容，眼裡是飛揚的光采。

如果黑琅還在場，就會幫忙翻譯出來，那光采分明是寫著——

太棒了，人力獲得！

「我正愁沒人陪我一起呢。」毛茅愉快地說，「我們先去便利商店一趟吧，然後再麻煩妳陪我去這些地方了。」

毛茅去便利商店，是爲了將林靜靜傳給他的那張櫻草市地圖列印出來，這樣會更方便對照查看。

「時玥雪，我跟妳說喔……」毛絨絨從兩人時光破滅的打擊中回復過來，想著就算是加入了時玥雪，毛茅的頭頂也還是他的寶座，登時又振奮起精神，嘰嘰喳喳地開始跟時玥雪說起櫻草市昨夜和凌晨發生的那幾起小動物受害事件。

時玥雪的臉色也冷凝下來，「眞差勁。有膽欺負沒有反擊能力的小動物，眞想將那些人丟到污穢面前，看他們還有沒有這個膽子。」

毛絨絨一噎，他覺得絕大多數人都是沒這個膽子的。

毛茅也替時玥雪印了一張，不過後者笑吟吟地表示他們一起合看就可以了。

由於身高關係，地圖是由毛茅負責拿著的，他們從最近的紅圓圈開始找起。

那邊原來是座小公園，不知是不是因爲發現了小動物的屍體，即使是大白天也沒什麼人。

小公園不大，毛茅他們繞了一圈，就找到應該是案發現場的地方。

小動物的屍體自然被清理掉了，但是土地被污血浸染的痕跡還留著，甚至連一旁的樹木上也濺上血液，成了不祥的暗色污漬，看起來像有人拿了血過來亂潑灑。

毛絨絨隱約還能嗅到未散的血腥味。

「毛茅，我們可以趕緊走了嗎？」毛絨絨實在不想在這個地方多逗留。只要想到不久前曾有小動物在這被殺害，同樣身爲可愛小動物一員的他，就感到渾身不對勁。

「我拍個照記錄一下，不然你先飛遠一點。」毛茅掏出手機，但手腕接著被人輕輕按住。

「我來幫您拍好了。」時玥雪說，「我拍的位置會比較準確一點。」

位置？什麼位置？毛茅只疑惑了一瞬，馬上就睜大眼，「難道說……」

時玥雪點了點頭，「有黴斑。」

看不見黴斑的毛茅直接把拍照任務全交給了時玥雪。

就在時玥雪仔細拍照之際，一道拔高的聲音忽地從他們後方響起，語氣還充滿著錯愕。

「榴華的實習生，怎麼又是你⁉」

毛茅回過頭，發現是前幾天曾有一面之緣的櫻草社員，負責記錄黴斑狀況的那幾位。

「你們在這裡幹嘛？不會是想刷掉這邊的黴斑吧？」帶頭的那位加大步伐上前，在見著時玥雪時，原本還有些不滿的語氣頓時軟了下來，還帶著不自知的殷勤，「同學妳好，妳也是榴華除魔社的嗎？有什麼需要幫助的嗎？」

「謝謝你，我們只是剛好在附近逛逛，注意到這裡好像有黴斑，才過來看看。」時玥雪微微一笑，將一票櫻草學生迷得差點挪不開視線，「你們是要來刷黴斑的嗎？那我們就不打擾你們了。」

「對對對……」帶頭的那人傻笑著，下意識地附和，「我們是來刷……」

「別鬧，我們都還沒做好記錄保存，刷什麼刷？」那人的同學用手肘撞了他一下，要他清醒點。

「啊，對喔，差點就忘了……」

「沒用的傢伙，這也能忘？」

「說得好像只有我看呆一樣……」

幾個人交頭接耳地互相指責，注意到時玥雪還在看著他們，全體一個激靈，迅速挺起了胸膛，拿出自己最專業的模樣，前去進行他們來這裡的工作。

剛距離遠還沒發覺到，一等到他們走近，個個立刻眉頭緊鎖。

「這搞什麼啊？前天看明明還沒那麼誇張的……」

「污染程度根本是又加深了吧？」

「怎麼會那麼快？照理說不是應該還需要一段時間？」

「你肯定沒看『我是櫻草人』……聽說好像有小動物在這被殺害，還潑血……」

櫻草學生們抱怨連連，最後有志一同地得出了一個結論。

幹這些事的人，腦子絕對有毛病！

毛茅他們沒繼續留在小公園裡，他們已經得到意料之外的情報。

他的心裡有個猜想，本來想去第二個地點求證的，不過來自項冬、項溪，還有海冬青的消息，讓他停下了腳步。

不須要去證實了。

果然就如同他想的一樣。

項冬他們去查探的那幾個地方，同樣也有著污染的黴斑。

「不管這些事情有沒有跟魔鏡女孩扯上關係……」毛茅吐出了一口氣，「感覺……就像是有人想蓄意加深污染，然後加快污穢的誕生啊。」

「誰會做這麼可怕的事？」毛絨絨不敢相信，「該不會真的還有我們不知道的魔女？啊，那位白雪公主！」

「醒醒，毛絨絨，還有沒有新的魔女，你不應該是最清楚的嗎？」

「對、對喔……」毛絨絨連忙用翅膀尖打了自己的臉幾下，他怎麼老是忘了自己就是負責關魔女的道具，「那那那，那如果是跟魔鏡女孩真的扯上關係呢？有辦法從外面潛入八樓，可以在沒人靠近的時候讓又霜受傷，而且還讓人想辦法加深黴斑的污染，讓污穢能早點誕生，魔鏡女孩的身分到底是……」

「不是魔女，不是幽體，那麼魔鏡女孩會不會有可能是……具備著不尋常力量的人呢？」毛茅說。

「你是指，有天賦的人？」身邊就有一個有著不尋常力量的兄長，時玥雪第一反應就是想到這層。

毛茅還是笑著，但一雙金澄的眼睛裡褪去了以往的溫度。

「或者是，有契魂的人。」

第九章

深深相信只要不離開時家別墅，魔鏡女孩就不會再對自己出手，林又霜從昨天開始就真的不再踏出這幢豪華屋子一步。

魔鏡女孩的帳號確實又沒了動靜。

待在別墅裡，林又霜也不知道能幹什麼打發時間，最後看見時衛一整天都坐在沙發上刷他的手機遊戲，似乎是被感染了一樣，她也忍不住去下載了那個遊戲來玩。

林靜靜撫額長嘆了一口氣，只希望自己的堂妹別學時衛也想加入課長行列。

那嬸嬸肯定會打死她。

領會到抽卡魅力的林又霜一時無法自拔，再回過神時，才赫然發現一天居然就這麼過了。

「我明明什麼都沒做，怎麼時間就不見了？」林又霜驚悚地問。

林靜靜語重心長，「少女啊，手遊誤人啊，我們眼前就有個最好的例子。」

「哥哥，您就不能當個好榜樣嗎？」時玥雪不客氣地吐槽。

話題中心的時衛巍巍不動，誰也不能干擾他破活動，限定泳裝角色入手就靠這一波了。

不過林靜靜還是在私下偷偷告訴林又霜，別看時衛這副網癮廢人的模樣，他今天都不出門，其實就是爲了坐鎮在屋子裡，確保她們的安全。

林又霜很感動，但又覺得，那位美男子社長看起來更像是爲了打遊戲才待在家裡的啊。

不論如何，能平安度過一天就足以讓林又霜心懷感激。

吃過晚飯，時玥雪和時衛待在客廳，像是在討論著什麼嚴肅的話題，兩人臉上都沒有掛著往常的笑意。

林又霜與林靜靜對看一眼，有志一同地回到了樓上，不打擾樓下的兩人。

林又霜和林靜靜在這裡也還是睡同一間房，兩張單人床就擺在擺設華美大氣的房間裡，不用擔心會影響到彼此的睡眠。

「靜靜，妳猜社長他們在說什麼？」林又霜盤腿坐在自己的床鋪上。

「魔鏡女孩吧？」林靜靜刷著手機，「我經過時有聽到，不過詳細是討論什麼就不知道了。但看社長露出這麼嚴肅的表情，我猜……說不定他們就快有辦法逮到魔鏡女孩了？」

「眞的？」林又霜眼放光芒。

「直覺、直覺啦……哈哈。」林靜靜搬出毛茅常用的理由，不過她心底的確如此期望。

「要是靜靜妳的直覺成眞，我就請妳去吃甜點吃到飽。」林又霜握緊拳頭，又連忙附了個但書，「啊，要是我零用錢不夠的話，那就請妳吃鹽酥雞吃到飽好了。」

「落差也太大了吧？」林靜靜笑罵一聲。

姊妹倆舒服地窩在比一般尺寸還要大的單人床上，各滑起自己的手機。

林又霜想到還沒破關的遊戲，可惜點進去一看，需要的數值還沒恢復，無法繼續關卡。

她惆悵地嘆口氣，想著要不要去看個劇，手機卻在這時跳出了通知。

林又霜看清上面的字，一顆心猛地像被隻手抓得緊緊，頭皮跟著發麻。她僵著身體，手指躊躇了好一會，還是先點進了LINE。

魔鏡女孩又找上她了。

林又霜本來是打定主意，不管是看到什麼威嚇或是魔鏡女孩改變了指令內容，都別搭理對方，並且馬上跟屋子裡的其他人報備。

然而一看清畫面上的文字，林又霜只覺得自己的呼吸要停止了，寒意有如一條無形的蛇，蜿蜒爬上她的身軀。

魔鏡女孩主動更改挑戰內容。

她說：

半夜十二點半，到七號泳池，一個人在那待上半小時，就算完成最終挑戰。不來的話，妳身邊的人會代替妳受到傷害。

附圖是兩張照片。

一張是林靜靜，一張是毛茅。

林又霜幾乎是反射性地看向隔壁床鋪的林靜靜，後者留意到她的目光。

「怎麼了？」

「沒、沒事，我只是想問妳要不要也來玩遊戲？我好友數現在好少喔。」林又霜深怕堂姊會看出哪裡不對勁，胡亂編了一個理由。

「我才不要，萬一控制不住跑去課金怎麼辦？」林靜靜對自己的自制力還是有點自知之明的，「妳可以問毛茅啊，我記得他也有玩，抽卡手氣還超級好，下一次妳可以請他幫妳抽。」

「嗯嗯，好。」發現林靜靜沒看出破綻，林又霜提起的一顆心稍微放下，她瞪著魔鏡女孩發送來的訊息，握著手機的指尖冰涼。

將時間地點牢牢地記在了心裡，林又霜故意打了一個大大的呵欠，把手機往旁邊的矮櫃上一擱，下了床鋪。

「我先去刷牙。」

「妳要睡了嗎？這麼早？」

「早睡早起身體好嘛，熬夜是女孩子的大敵，靜靜妳太晚睡會冒痘喔。」

愛美之心人人皆有，林靜靜也不想隔天起來發現自己臉上長了痘痘，這下手機也不玩了，學著自家堂妹一起早早躺床。

燈一關，客房裡就被黑暗包圍，隱約能看見窗戶外其他建物透出的燈光。

出乎意料地，林靜靜比預期的還要快就睡著了。

聽著旁邊人輕微的打呼聲，林又霜緥緊的身體漸漸放鬆，她還擔心要是自己堂姊遲遲沒睡該怎麼辦。

那她就沒辦法偷溜出去了。

只要一想到魔鏡女孩會將魔掌伸向自己身邊的人，林又霜就難以平靜下來，她必須要去完成最終挑戰才行。

否則靜靜和毛茅會……

林又霜能聽見自己的心臟因緊張和不安而越跳越快，掌心似乎都快要滲出冷汗，她努力地分散自己的注意力，想點別的東西。

例如晚點要怎麼才能順利溜出屋外，時家兄妹還在樓下客廳，不知道他們會討論到什麼時候……

林又霜由衷地希望他們不會待到超過十二點，否則她還真不知道要如何瞞過他們的耳目。

林又霜閉上眼睛，安靜地等著時間流逝。

旁邊的林靜靜睡得更熟了。

林又霜等時間一到，快速翻身坐起。深怕另一張床鋪上的林靜靜隨時會醒過來，她拎著鞋子，匆匆忙忙地溜出房間。

從二樓樓梯探頭看下去，客廳裡的燈也已暗下。

雖然不確定時衛或時玥雪是不是先去睡了，但樓下沒有人，正好給了林又霜大大的便利。

她躡手躡腳來到玄關處，打開大門，門一關上便立刻穿上鞋子，全速奔出時家別墅。

入夜的街道被寂寥包圍，一片冷清，旁邊的店面或住家皆拉下了鐵卷門。

立在路邊的電線桿細細長長，投映在地上的影子乍看下都像是扭曲的人形。

獨自走上深夜街頭，說不害怕是不可能的。

林又霜努力壯起膽子，加快腳下速度，一心只想快點趕到魔鏡女孩指定的地點。

七號泳池。

身爲櫻草當地人，林又霜自然知道那是哪裡，以前她媽媽還常帶她去那邊游泳。

對的，以前。

七號泳池好幾年前就已荒廢，林又霜不知道眞正原因，只曾從大人口中聽過「經營不善」或是「老闆捲款潛逃」之類的。

無論是哪一個，那邊已經成了沒人的廢墟是無庸置疑的。

七號泳池是個大型的露天游泳池，室內建築只有更衣室、廁所，以及販賣部這幾個地方，已經布滿鏽痕的欄杆外被雜草圍繞，大門上了大鎖。

從外面看，覺得格外陰森，讓人不想靠近。

林又霜吞了吞口水，但再怎麼害怕，她還是得往前踏出一步，魔鏡女孩很可能現在就躲在旁邊監視她的一舉一動。

大門被鎖住，林又霜衡量了下欄杆高度，有些笨拙地翻過去，成功進入泳池園區。

藉由外面的路燈光芒，走在裡面還能大略視物，但那些物體隱隱約約的輪廓看起來更讓人覺得心驚膽跳，深怕有什麼恐怖的東西躲藏其中，冷不防就會衝出來。

林又霜想拿出手機照明，但剛往口袋一摸，她的表情僵住了。

她出來得太匆忙，竟然忘記把此刻對她來說無比重要的手機帶上。

沒有手機，到時候連求救都沒辦法，林又霜開始後悔自己的莽撞了。她猶豫著要不要再跑回去拿，但這樣就會超過指定時間。

最後她咬咬牙，豁出去地決定待著不走，起碼也要等上半小時再說。

只要熬過半小時，她就完成魔鏡女孩的最終挑戰，魔鏡女孩也不會出手傷害她身邊的人。

「不怕、不怕……」林又霜喃喃自語，找了個路燈光線能照到的地方坐下，神經緊繃，時不時焦慮地左看右看，就怕突然冒出嚇人的玩意。

廢棄的泳池內很安靜，彷彿把人的呼吸聲都放大了。

林又霜背靠著欄杆，偶爾聽到車子經過的聲音都能讓她感到安心。從她的角度看，能夠看到基本上已乾涸的大型泳池，裡面的深度大約是兩公尺，底部和池壁遍布著青苔和污泥，有的地方還有淺淺的污水。

手邊沒有能計算時間的工具，林又霜只好在心中默數。

三十分鐘，一千八百秒。

她只要數完就可以離開這裡了。

同時林又霜也默默祈求，在她回去之前，林靜靜千萬別醒過來，否則她半夜偷溜出來的事就會曝光了。

時間在死寂中一點一滴地流逝。

林又霜發現，這裡除了氣氛嚇人了些，好像也沒有那麼可怕了。

這念頭才剛轉過，現實就給了她不客氣的一巴掌。她的數數猛地停住，整個人像受到驚嚇的貓，飛速從原地站起彈開，背緊緊地貼著欄杆。

林又霜冷汗直冒，她發誓前面的泳池內前一秒明明什麼也沒有，可下一秒，卻平空出現了一個龐然大物，伴隨而來的還有令人皮膚起雞皮疙瘩的壓迫感。

那是什麼？那是什麼！

林又霜瞪大到極限的眼裡浮出驚恐的淚水，臉色蒼白，隨著越看清楚那東西的外貌，她的牙齒也忍不住打顫。

她反射性緊緊摀住嘴巴，把差點衝出的尖叫強行壓了回去。

透過路燈及月光，林又霜可以看見那是隻第一眼會令人想到寄居蟹的東西，然而一般的寄居蟹絕對不會大得超過兩公尺。

它待在泳池底部，但揹的那個大殼都超出了泳池外，尖端泛著詭異的暗紅色。

林又霜雙腿發軟，由上往下看，還能看見那隻怪物寄居蟹的蟹足赫然是一隻隻章魚觸手。

怪物似乎沒發現到她的存在，林又霜腦海中瘋狂轉動著逃跑的方法，她覺得她可以再翻過欄杆，以最快速度逃離這處。

但是下一秒，她的所有計畫都被打碎。

林又霜還來不及轉身攀上欄杆，池底的寄居蟹怪物猛地變高了。

不對，是它底下的觸手把那具沉重又碩大的身軀一口氣撐了起來，兩隻眼睛是熊熊燒著的白色火焰。

夜間看來，簡直像是鬼片中才會出現的鬼火。

林又霜腦袋成了空白，她可以深刻地感受到，對方的目光緊緊鎖定住自己。恐懼在這一刻壓垮了她，她手腳發軟，別說翻過欄杆了，連挪動一步都有困難。

當眼裡燃著白火的怪物發出咆哮，林又霜心裡緊繃的那根弦驟然斷裂，跟著放聲尖叫。

「啊啊啊啊啊啊！」

在女孩恐慌的尖叫聲中，怪物驟然躍起，揚起的觸手眼看就要將那道嬌小人影捲住。意想不到的黑影卻在此時竄出。

事情發生得太快。

林又霜都還沒閉起嘴巴，尖叫聲還在夜空下迴盪，一切就已經宣告落幕。

就算林又霜親眼目睹剛才的場景，她還是忍不住懷疑自己是不是在作夢。

她看到了一條黑影衝向那隻活像寄居蟹的大怪物，幾次利光閃爍，那隻大怪物竟然就像被誰按了暫停鍵，再一眨眼，就瓦解成無數閃亮的砂子，嘩啦嘩啦地灑進了泳池裡……

非現實的畫面讓林又霜還是挪不動腳，然後她瞧見了黑影的眞面目。

那居然是一名美麗的少女，一頭長髮黑得發亮，皮膚在夜間白得像會發光，宛若由細雪凝成，嘴唇則是紅得像抹了鮮血。

林又霜呆滯一瞬，一個人名頓時脫口而出，「白雪公主!?」

「喔喔喔，妳知道？妳知道？妳知道？妳眞有眼光啊！」本來還冷若冰霜的少女瞬時笑逐顏開，那美貌差點晃花了林又霜的眼。

說是差點，是因爲林又霜已經見識過時衛和時玥雪更驚人的美貌了。

「我就說一看就能讓人知道是白雪公主，也不枉費我那麼辛苦爬牆送蘋果了。」少女靈巧地降落在泳池邊。

這麼近的距離，林又霜才發現到少女的手指有著不像人會有的尖長指甲，猛一看更像是猛獸的爪子。

林又霜僵著背，還沒從劫後餘生的感覺回復過來，當下又感到毛骨悚然。

把蘋果放到自己房間的就是這個女孩……而且她怎麼看都不像是人類……

少女才不管林又霜的臉色因驚懼而發青，她咄咄逼人地上前一步，指甲回復正常，雪白的食指不客氣戳上了林又霜的胸口。

「我命令妳，快點打電話給毛茅，跟他說魔女出現了，要把妳的契魂吃掉。」

什、什麼？林又霜的腦子還轉不過來，「說妳是……妳是什麼？」

少女再次拉高了聲音，如同玉石敲擊的每一字都鏗鏘有力地砸在了這個廢棄泳池中。

「我是魔女，要把妳的契魂吃了！」

——也砸在了前腳剛踏進這方區域的姜連翹和杜伏苓耳中。

不久之前。

黑藍色的夜幕籠罩在櫻草市上空，路上人車大幅減少，幾乎看不到什麼人，畢竟時間已經邁入午夜十二點。

但在一處路燈下，卻有一名高中生模樣的紅髮少女站在那。

她拿起手機看了看上面的時間，又不耐煩地跺了跺腳，似乎正等著誰。

半晌後，姜連翹等的人總算趕來。

「你也太慢了，萬一錯過說好的時間該怎麼辦？」姜連翹開口不滿地抱怨。

「抱歉、抱歉……」杜伏苓抓抓頭髮，「不小心打遊戲打過頭，不過時間應該還夠吧？從這邊到七號泳池記得挺快的，不曉得那個小女生會不會嚇得哇哇大哭？」

「她哭不哭都跟我沒關。」姜連翹漠不關心地說，「我只在意那些黴斑的狀況如何了。」

「那招挺有用的吧？群組裡不是都說好幾個地方的污染程度變重了？」杜伏苓說，「我覺得鐵定只差臨門一腳，大不了再叫他們去弄一次，只要餌弄出來了，還怕大魚不上勾嗎？」

「也是，反正不成就多來幾次。」姜連翹同意，「總會有辦法成功的，我們只要等著釣大魚就好。不過現在，先來處理那位小妹妹吧。」

「妳要給她發真正的最終挑戰了嗎？」杜伏苓興奮地問。

「別吵，你會害我打錯字的。」姜連翹低著頭，解開手機的指紋鎖。她的手機桌面意外地相當乾淨，不像時下的女高中生充滿各式ＡＰＰ，她的看起來只有內建的程式。

杜伏苓不敢吵了，殷勤地跟在旁邊。

才安靜不到一會，杜伏苓忍不住又開始叨唸，「下一次換我發指令啦，不用妳這支手機也可以，我回去用電腦登入這帳號就行了。」

「你眞的有夠吵耶。」姜連翹直接從聊天頁面中找到了目標。

她打著字，才輸入到一半，身邊的杜伏苓忽然又一陣鬼吼鬼叫。

「出現了！出現了！」

姜連翹實在很想打人，但她的動作在聽見杜伏苓的下一句話後驀地停住。

「有污穢啊！」

「在哪？」姜連翹這時也不管自己有沒有打完字了，她把手機塞回口袋，催促著杜伏苓快看清楚「清一清」上的通知。

杜伏苓點開了地圖，顯目的紅點在上面不停閃動。

兩人的眼睛同時亮起了光芒，那個位置，居然就在他們正要前往的七號泳池！

杜伏苓和姜連翹二話不說直接往前衝！

他們跑的速度很快，體內的契魂讓他們能擁有比常人還要優異許多的感官、體力，只消片刻，他們的目的地就出現在他們的視野中。

荒廢許久的七號泳池就在前面。

杜伏苓和姜連翹做出了相同動作，他們按下手環上的晶石，瞬息間便完成了一鍵換裝。

屬於櫻草除污社專有的戰鬥服取代了原先的便裝。

與此同時，他們腳下的影子像活過來似地翻騰，屬於他們的契靈從幽黑裡脫出，被牢牢地掌握在手中。

當他們準備翻過外邊的欄杆時，少女清脆的聲音霎時有如驚雷而降。

「我是魔女，要把妳的契魂吃了！」

重重地落在他們心底，令他們心頭大震，可眼裡卻燃起了異常灼熱的熱度。

釣到了、釣到了、釣到了、釣到了、釣到了！

他們怎樣也沒想到，大魚會在這個意想不到，但又如此讓他們振奮的時間點上勾！

所有的努力都有了結果，他們終於也能親眼見到傳聞中的人形污穢，讓無數除穢者忌憚的魔女。

他們終於也能，親自動手消滅她！

杜伏苓咧開亢奮的大大笑容，迅速打開同收場。

被漆黑和陰森包圍的七號泳池轉眼間便失去原本色彩，墨綠與鵝黃爭先恐後地覆蓋在所有物體上，把欄杆刷成了黃色，鏽斑是綠色。

泳池的磁磚同樣變成深深淺淺的綠，苔蘚和污泥卻成了黃。

視覺上突來的色彩錯亂讓林又霜呆若木雞，一時忘了眼前還有一位黑髮美少女正凶巴巴地逼迫她打電話。

她忍不住懷疑起自己是在作夢了，否則大半夜的，天空怎會變成詭異的黃綠色？

自稱是白雪公主的少女卻沒有像林又霜般呆住，她馬上意會到什麼，黑眸內利光一閃。

下一瞬間她抓住了林又霜，看似柔軟纖細的手臂竟擁有驚人的力量，輕而易舉便把人帶離原地。

乍然的浮空感讓林又霜嚇了一跳，等到她看清自己眼下的狀況，她頭皮發麻，寒毛直豎。

就在她剛剛站的位置，現在赫然插進了幾支黑得發亮的箭矢。

就算不知道那些箭有多鋒利，但光憑它們能夠刺進水泥地，就足夠清楚它們的危險性。

林又霜打了一個哆嗦，要是黑髮少女沒有及時出手，開洞的恐怕就是她的身體了。

或許是對方救了她一命的緣故，即使不久前才知道少女就是半夜潛入她房間放蘋果的凶手，還能夠一擊殺掉怪物，但林又霜還是不由自主地往對方身旁更湊近一些。

而順著黑箭再往上看過去，就見到黃色欄杆上不知何時佇立著兩條人影。

他們穩穩地踩在了面積窄小的欄杆頂端，穿著設計相同的奇特服裝，手裡還拿著武器。

林又霜的嘴巴張得開開的，好像今天一整晚都很難有閉上的時候。

接二連三發生的一切，都在顛覆著她以往的認知。

白雪公主像拎小雞般將林又霜扯到自己身後，目光如刀地直射向站在欄杆上的一男一女。

紅髮少女扛著十字弓，發光的黝黑利箭重新安置在弩臂上。

金髮少年吊兒郎當地提著西洋劍。

但兩人眼裡都有著相同的強烈欲望——殺了她！

白雪公主冷笑一聲，「你們是白痴嗎？眼睛長到哪邊了？沒看見這裡還有一個普通人嗎？就不怕箭射到她的身上？」

「那也只能算她倒楣。不過我總算明白妳盯上那小妹妹的原因了，原來她也有契魂啊。」姜連翹慢悠悠地說，與她和緩的語氣不同，她的十字弓再次抬起，對準了白雪公主，「第二次見面了，白雪公主果然就是妳啊……還是說妳比較喜歡人稱呼妳爲『魔女』？」

「活的魔女耶，終於又見到了！」杜伏苓摩拳擦掌，躍躍欲試，「連翹，我們要把握機會，趕緊讓她變成死的魔女才行。不然其他收到通知的人要是趕過來，就會搶著要跟我們分一杯羹了。」

說到一半，杜伏苓忽然覺得有哪邊不對勁，他絞盡腦汁思考，然後恍然大悟地說：

「不對，妳還沒變身。我聽說過，魔女在吃了契魂後，就會解放出眞正的形態，那我們等妳吃完好了。」

「吃什麼？」白雪公主顯然沒料到會聽見這樣的句子。

「契魂，妳本來不就是要吃掉妳後面的小妹妹？」姜連翹將十字弓稍微移了方向，對著戰戰兢兢看向他們的林又霜，「就像伏苓說的，我們可以等妳吃完。」

林又霜臉色發白，想抓向白雪公主衣角的手指猝然收回。剛才從對方身上感受到的安全感，如今又因為杜伏苓與姜連翹的一席話變得支離破碎。

她害怕地與白雪公主拉開了距離，深怕自己真的會被吃掉。

「我明白了，你們果然是白痴、白痴、白痴。」似乎是嫌一次不夠，白雪公主重重地強調了三次。她沒有多看後方的林又霜一眼，而是輕蔑地對兩名除穢者說，「妳說第二次見面？誰知道你們是誰啊。不過既然是白痴，就不須要手下留情了。」

「正合我們意。」姜連翹嘴角翹高，猛地扣下扳機。弩臂上的利箭發射出去卻不是對準白雪公主，而是深深插進了林又霜前方的地面。

「呀啊！」林又霜被嚇得跌坐在地，滿臉驚恐地看著再往前些許，就會刺中自己的箭矢。

「先讓魔女挖了契魂再走吧。」姜連翹說。

「而且妳也還沒待滿半小時啊。」杜伏苓說。

瞬間像有盆冰水澆淋下來，讓林又霜心底發涼，她不敢置信地回過了頭。

外表陽光的金髮少年露出了笑容，裡頭是滿滿的惡意。

「魔鏡女孩會看著妳，別想停止。」

第十章

深夜時分，林靜靜惺忪地睜開眼，摸黑走去上廁所。

等她走回來時，習慣黑暗的眼睛已能大致看清房內的景物輪廓，同時也讓她驟然發現到，隔壁床位竟是空無一人。

這下子，林靜靜的睡意全被嚇跑了。

她慌張地跑去開燈，溫暖的燈光將整間客房照得明亮，所有的一切都看得清清楚楚。

林又霜真的沒在自己的床鋪上。

她跑去哪了？也去上廁所嗎？不對，剛剛去廁所沒看到人啊……難不成是去廚房找東西吃了？更不對啊，這裡是別人家，又霜不可能做出這種事的！

林靜靜只覺腦子裡一團混亂，好不容易終於抓住了一絲理智。

打電話！

她連忙拿起手機，撥打林又霜的號碼，熟悉的手機鈴聲隨後在房內響起。

林靜靜呆了呆，沒想到林又霜沒帶手機，可心底頓時也冒出一絲僥倖。

手機還放在房間的話，她的堂妹應該還在這別墅裡吧？

只是這一絲僥倖在她看了林又霜的手機後，碎得一點也不剩了。

林靜靜看見了魔鏡女孩新發來的指令，還有她自己和毛茅的照片，那些宛如威脅的字眼讓她既憤怒又慌亂。

她太了解自己的堂妹了，林又霜絕對是一個人跑到七號泳池去了！

顧不得現在是半夜十二點多，林靜靜一邊焦急地撥打電話給毛茅，一邊連室內拖鞋也忘記穿，快步就往房外跑。

「社長！社長！」林靜靜跑到時衛房間猛敲門，「又霜不見了，她一個人跑出去了！」

叫喊聲和敲門聲在安靜的走廊上被放大得特別響亮。

就連時玥雪也被驚動了。

時衛打開門的時候，另一邊的房門也被人自內打開，時玥雪穿著睡衣走出來。

毛茅那邊的電話則還沒有打通。

「怎麼回事？」剝離了一貫的漫不經心和優雅，時衛的面容在燈光映照下透出氣勢逼人的冷峻，「妳堂妹難道就不知道什麼叫聽話嗎？」

「不是，社長……你看這個！」嗅出時衛嗓音裡的不悅，林靜靜忙不迭將林又霜的手機遞向前。

時衛一目十行地掃過，嚇人的冷氣下一刻緩和不少。

「哥哥、靜靜，發生什麼事了？又霜怎麼了？」時玥雪走近詢問。

「進來說吧。」時衛側過身，讓兩名女孩子進入他的房間。

如果是平常，林靜靜可能會好奇地打量時衛臥室的布置，但眼下對堂妹的擔憂蓋過了一切。在時家兄妹低聲交談時，她快速發了訊息給毛茅，告訴他林又霜碰到的事，以及如今可能的下落。

希望毛茅能夠及時看到。

「林靜靜，妳先回去睡覺。」時衛說。

「咦？」林靜靜愕然地瞪大眼，這個時候她怎麼可能睡得著？

不等她據理力爭，時衛又說，「妳去了也沒辦法幫上忙。我和小雪現在就過去七號泳池，順便看能不能把那兩個敢披著魔鏡女孩身分搞鬼的白痴揪出來。」

兩個……林靜靜一愣，再吃驚地瞪圓眼，「社長，你知道魔鏡女孩的身分了？」

否則時衛怎會如此肯定魔鏡女孩有兩個人。

「等人帶回來再說，妳先回房去。」時衛說。

林靜靜張口欲言，可最後還是把剩下的話全吞了回去。她也明白，自己如果跟過去，還可能成為他們的負擔。

林靜靜放棄隨時衛他們出門，但也不打算回到自己的房間，她寧願待在客廳等大家回來。

時衛沒再阻止，和時玥雪換上外出服，臨走前不忘抓上自己剛才還在翻看的一疊資料。

乘著夜色，兄妹倆火速趕往了七號泳池。

林又霜還不知道自己偷溜出來的事已被自家堂姊發現，此刻她就像隻飽受驚嚇的小動物，身體僵直，眼睛瞪得大大的，任憑一隻雪白的手抓著衣領，時不時被推過去或是扯回來。

手的主人自然就是白雪公主。

黑髮雪膚的美麗少女爲了顧及林又霜的安危，乾脆將人抓在自己身邊，但也讓她只剩下一隻手能夠採取攻勢。

野獸般的尖長指甲又自她指尖探出，表面泛著流光，乍看下好像脆弱又瑰麗的藝術品，只要施加點力道就會斷裂。

但林又霜已經目睹過那指甲的凶殘，絕不會把「脆弱」兩字冠在它身上。

白雪公主剛剛可是徒手就將那隻猶如寄居蟹的怪物撕裂。

不過縱使她的攻擊力再強，處於一手受限，又被兩名除穢者圍攻的境況下，也漸漸得屈居下風。

不論是攻勢或躲閃都變得左支右絀起來。

「把我放下，我可以找地方躲起來的……」林又霜顫聲說。到現在要是她還看不明白誰才是眞正保護她的人，她就眞的是笨蛋了。

「然後憑妳的短腿，不用跑三步就會自己絆倒，再被人家的箭給戳出好幾個洞。」白雪公主語帶嘲諷，動作卻也沒有因此慢下。

黑箭一波波朝她射來，西洋劍更是專挑空隙，每一次的刺擊都是異常刁鑽。激烈的金屬擦擊聲不斷在這個空間爆開，每一下都讓林又霜心驚膽戰，一顆心都像快要跳出喉嚨。

即便是在這場戰鬥中處於劣勢，白雪公主也沒有表現出任何弱態，那張嫣紅如花瓣的嘴唇更是不停地吐出尖酸刻薄的挑釁。

「現在除穢者要是都像你們這樣的，我眞爲除穢者的未來擔憂，簡直是沒救了啊。力量不行，速度不行，尤其是臉更長得不行，你們這樣也還算得上是合格的除穢者嗎？不對，是連及格線都到不了吧。好差勁，眞的有夠差勁，我居然得跟你們這樣的渣渣對打。」

雖然知道污穢智商不弱，具備人形姿態的魔女尤其狡猾，但恐怕杜伏苓和姜連翹都還是頭一回因爲長相被人身攻擊。

而攻擊他們的竟然還是魔女！

這瞬間，櫻草的兩名除穢者都感到一股難以形容的荒謬，腦海中甚至掠過了一抹懷疑。

在這之前，他們確實不曾見過魔女，但是眼前的這名黑髮少女……眞的是魔女嗎？

白雪公主——即使她是這麼自稱著，但她卻在保護著一名具有契魂的人類。她在保護她的食物。

可一想到「清一清」上偵測到的污穢波動，以及少女猶如金屬鑄成的指甲，在在說明了她絕非人類，於是這份疑惑在他們腦中終究轉瞬即逝。

「清一清」的探測絕對不可能出錯，她就是披著人形的魔女。她現在保護那名國中生，一定有更深一層的企圖！

篤定心中所想之後，兩人隨之被挑起的是更為猛烈的火氣，下手也更為狠辣，絲毫不管白雪公主手上還抓著林又霜。

「快把我放下，求妳了……快把我放下吧！」眼見自己成了白雪公主的累贅，林又霜急得都快哭了。

白雪公主猛地擋下斜刺而來的西洋劍，手上再一使勁，將杜伏苓撞得連退好幾步，她馬上提著林又霜俐落地躍過圍欄，竟是直接將杜伏苓他們甩在了七號泳池裡。

「快跑！」白雪公主終於鬆開手，厲聲命令道。

林又霜拿出了火災現場逃命般的爆發力。

黝黑的利箭立刻由後疾射過來，卻被殿後的白雪公主不客氣地以利爪揮甩開來。

「敢跑得慢就打斷妳的腿！」白雪公主對著林又霜恫嚇，「敢把自己弄傷我一樣打斷妳的腿！」

林又霜差點就想哭哭啼啼。這哪裡是白雪公主？這分明是惡毒的白雪公主後母吧！打斷她的腿難道就不是弄傷她嗎？

白雪公主單是看著林又霜的後腦勺，似乎就猜測出她的心思，「不准哭，眼淚憋回去，妳以爲我願意幫助妳嗎？要不是答應凌霄顧好妳的人身安全，我才不想管一個會在半夜十二點獨自跑到廢墟的蠢丫頭！」

林又霜被說得面紅耳赤。

緊追在後的杜伏苓與姜連翹卻是大吃一驚，「凌霄」兩字眞眞切切地撞進他們耳內，他們飛快對視一眼，在彼此眼中看見錯愕。

假如他們沒聽錯，凌霄就是那個離職的前科研部部長吧？爲什麼那傢伙會和魔女扯上關係？而且聽魔女的口吻，兩人間的來往絕不單純！

就在這個時刻，被黃綠兩色侵佔的回收場突然砸下雷響。

「打、打雷了嗎？」林又霜下意識地仰高頭，這一看，她雙腿一軟，頓時連跑的力氣都沒有了。

被刷成黃綠色的天空底下，兩隻眼裡燃燒著白火的怪物拍振著翅膀，它們相貌猙獰，宛如金屬與野獸的詭異結合體。

原來那不是真正的雷聲，而是源自於怪物的咆哮。

杜伏苓與姜連翹瞳孔一縮，可緊接著竄上心頭的是更大的喜悅。

他們知道污穢向來以強者爲尊，會自願奉獻血肉；眼下朝這地方集結過來的污穢，不就是黑髮少女果眞是魔女的最好證據？

污穢是爲了給魔女獻上血肉而來。

自稱白雪公主的少女，果然就是魔女！

從天空闖入的兩隻污穢像是由多種野獸身上各部位拼湊出來的怪物。

在林又霜恐懼瞪大的眼眸中，倒映出來的身影具備著羊頭、牛首，它們拖著長長的尾巴，翅膀大得像能遮蔽半片天空，深深的眼眶裡劇烈燃著不祥的蒼白色火焰。

雙方距離太遠，林又霜沒辦法看得詳細。但即使如此，她現在所看見的這些就足以令她想要暈過去。

空中的污穢幾次拍振翅膀，急速拉近了與底下兩名女孩之間的距離。

只不過片刻工夫，白雪公主和林又霜就陷入了前後方都被堵住去路的險境。

前方是兩隻污穢。

後方是追來的除穢者。

林又霜戰戰兢兢地看向後面，又看向前面，覺得自己或許還是暈過去比較好。

白雪公主看起來很冷靜，除了神情陰沉沉的。

杜伏苓他們以爲接下來就能看見那兩隻污穢被白雪公主吞噬的畫面，卻沒想到污穢竟然像瞧見紅布的鬥牛，以驚人的氣勢朝著前方直衝過來。

那模樣別說像是自願奉獻，更像是要把白雪公主和林又霜生吞活剝！

杜伏苓和姜連翹爲這莫名發展而傻了。

危險就在眼前，白雪公主拿出手機，按了快速撥號鍵，張嘴就朝另一頭氣急敗壞地喊道：「我不是早早就通知你了嗎，你現在到底人在哪裡啊！凌霄你這個大笨蛋！笨蛋、笨蛋、笨蛋！天啊你不會眞的只有自己一個人出來吧？那你絕對會在人生的道路上迷路到死啊！」

「說了多少次，叫爸爸。」寒冷如凜冬的男聲說，「金盞妳的腦袋是裝飾品嗎？還是說記憶力都流光了？」

伴隨著那道男聲的響起，眾人只覺眼前像有一抹疾速藍影飛掠，宛如劃過這黃綠空間的一束流星。

下一秒，讓杜伏苓和姜連翹震驚不已的畫面出現了。

那是何等驚人的戰鬥力。

僅僅一擊，就將衝來的兩隻污穢劈成了兩半，暗色的細線先是從左延伸到右，接著大量污血噴湧而出。

眼睛燃著白火的駭人怪物瞬間從中分開，成了兩部分的身體分別朝不同方向墜落。

不只如此，這一擊還劈開了污穢體內的核心。

傾倒的身軀還沒碰地，就先化爲大量晶砂，最後只餘幾枚剔透的花葉結晶掉落在地……

直到藍影落了地、轉過身，眾人才看清楚那是一名穿著藏青色服裝的男人。

黑色的雙排釦做了獨特設計，一路扣到最頂端，同色領子包覆著頸項，透露出禁欲的味道；在腰間收緊的腰帶將他整個人襯得越發挺拔修長。

上衣偏長的下襬繡著白色花形圖紋，一雙墨黑長靴讓那雙腿顯得又直又長。

男人身高近一百九，手上持握的那把薙刀明顯超過兩公尺，刀尖鋒利，閃爍著森森寒光。

剛才也就是這把薙刀，將兩隻污穢劈砍成兩半。

杜伏苓與姜連翹遲遲回不了神，他們驚駭地看著走來的凌霄，再看向被凌霄稱爲「金盞」的黑髮少女。

怎麼回事？這究竟是怎麼回事？

那個前部長剛說了什麼？喊爸爸？那豈不就代表著……

整件事帶來的衝擊力不亞於方才他們誤以爲黑髮少女就是魔女的時候。

杜伏苓兩人總算慢了一拍地意識到，那名自稱是白雪公主的少女，恐怕根本就不是什麼人形污穢。

根本不是魔女！

「妳到底是什麼啊！」杜伏苓臉色扭曲地大吼，「不是魔女的話，爲什麼我的『清一清』會偵測到妳有污穢的波動？還有那兩隻污穢爲什麼會聚集過來？」

「蠢貨。」凌霄冷冷地說，「會吸引污穢過來的除了更強大的污穢，還有它們的食物。」

「一個、兩個、三個，加上爸爸的話，這裡就有四個對污穢來說非常好吃的美食了。」稚氣未脫的聲音冷不防在林又霜身邊冒出，「也怪不得它們想往這邊跑了。」

林又霜嚇得尖叫，在看清來人後，她激動地失聲大喊，「毛茅！」

「噓，先休息一下。」神不知、鬼不覺出現的毛茅豎起食指，往林又霜揚起可愛的笑臉。

林又霜呆呆地點頭，下一秒眼前就是一黑。

將癱軟下來的身子小心放下，毛茅抬眼正視向曾有一面之緣的黑髮少女。

不，假如眞照凌霄所說，那麼他們現在應該就是第三次見面了。

「妹妹？金盞？」毛茅不確定地說著，「爲什麼妹妹會比我還高？」

「假的。」凌霄輕飄飄地扔來一句。

聞言，就算是沉浸在巨大驚愕的杜伏苓和姜連翹，也反射性看向了金盞的雙腿。

「什麼假的，這只是……這只是暫時的障眼法！我以後就會長這麼高，腿這麼長的！」金盞就像鞭炮般一點就炸，「不對，你才奇怪啊！為什麼你看起來沒那麼吃驚？你應該要被大大嚇一跳，我是白雪公主耶，是魔女啊！」

毛茅誠實地告訴她，「要不是毛絨絨先覺得妳像白雪公主，我是完全沒往那方面想的。」

「為什麼？」金盞大受打擊，「我的頭髮那麼黑，皮膚那麼白，嘴唇那麼紅，我還帶了一顆紅蘋果……不管怎麼看，都應該第一時間想到白雪公主吧？」

為了證明自己所說的，金盞還眞的從衣服裡掏出了一顆又圓又大的紅蘋果。

「嗯……」毛茅這時候就不好意思說出眞相了。除了蘋果以外，這些特徵他在高甜身上也看過。

雖然毛茅沒說出來，但他那一聲單音節已經透露太多。

金盞將蘋果一扔，握緊拳頭，「我要生氣了、我要生氣了、我要生氣了，你的腦袋還正常嗎？正常人不是應該要被嚇傻了嗎？我知道了，你果然不是正常人。我就說，凌霄的兒子哪可能會正常啊，因為凌霄就是個不正常的傢伙！」

「妳說的不正常傢伙，現在也是妳爸爸唷。」毛茅提醒。

金盞氣到簡直像要爆炸了，「不要提醒我這種事！你為什麼不追問啊，問我為什麼要假冒魔女、為什麼要放蘋果到人家房間裡、為什麼還會出現在這裡！」

「唔……」毛茅換了個音節，表情無辜。

他沒問，是因爲晚點他肯定會知道的。

凌霄的態度擺在那裡，很明顯就是知道金盞連日來私底下做出的事，對金盞會變大變小也是見怪不怪的模樣，所以他到時候問凌霄不就可以了？

毛茅的回應更加激怒金盞，她的腮幫子鼓得跟充氣的河豚一樣。

「爸爸。」似乎也拿金盞沒辦法，毛茅求助似地往凌霄看了一眼。

「別管她，叛逆期。」凌霄波瀾不興地說。

毛茅離得近，都能聽到金盞把拳頭捏得卡卡作響的聲音。如果不是突兀的聲響介入，他猜金盞就要撲上去揍自己的爸爸了。

不只是凌霄的手機在響，包括杜伏苓的也是。

熟悉的提示音讓杜伏苓回過神來，他拿出手機，看著地圖上的紅點。

污穢來了。

而且，是更多的污穢。

污穢的誕生並不是那麼常見的事。

以榴岩市的榴華除魔社爲例，倘若不是碰上伊聲負責帶隊，他們在進行社團活動的時候，頂多一禮拜碰上一隻污穢就算頻繁了。

然而這一夜，扣除掉稍早前被凌霄一擊斬殺的兩隻污穢——杜伏苓他們還不曉得泳池底部其實還有被金盞殺掉的一隻——此時顯現在手機地圖上的，赫然又是五個紅點。

對杜伏苓和姜連翹來說，一晚能碰上七隻污穢，這已經超出他們的承受度。

「爲什麼污穢會多得那麼不正常？」杜伏苓難以置信，聲音頭一次出現了退縮。

「也許這要問問，讓人虐殺小動物、特意加深各地污染的人啊。」毛茅輕快地說。

明明他沒有指名道姓，但落在杜伏苓和姜連翹身上的目光卻好像蘊含著什麼，這讓他們兩人眼裡閃過一瞬心虛。

手機上紅點瘋狂閃爍，宣告著污穢即將來臨。

凌霄看起來八風不動，冷淡得過分的視線掃向了金盞，「去把人綁好，丟旁邊去。」

金盞噘了噘嘴，似乎有所不滿，但又礙於凌霄的威嚴不敢發作，只好擺著臭臉，去將他口中的人給綁好，丟到旁邊去。

她的動作很快，也不知道是從哪邊變出的繩子，杜伏苓兩人連抵抗都來不及，雙手雙腳就被綁了起來。

金盞沒忘記也把昏過去的林又霜給安置到路邊。

就在這時，污穢到來！

五隻外表酷似巨型蜻蜓的怪物疾速俯衝，金屬翅膀高速振動，帶出了嗡嗡震響。它們的複眼無比巨大，中心是蒼白色的火焰；六隻腳也長得超過比例，像從身體底下長出了六根竹子。

污穢的威壓非同凡響，尤其這次一口氣還降臨了五隻。

杜伏苓和姜連翹臉色發白，他們何曾見過這麼大的陣仗。

其中一隻巨型蜻蜓降落最晚，它剛懸停在路面，一轉頭竟是猛地張開大顎，生生將旁邊的另一隻污穢撕咬成碎片，緊接著又轉頭換咬上另一隻。

最令人毛骨悚然的是，那兩隻被吃的污穢全程毫不反抗，彷如自願成爲同伴的糧食。

這一幕無疑在說明一件事，那隻吃掉同伴的污穢，是它們之中實力最爲強大的。

實力最強大的污穢還在進食，另外兩隻污穢則按捺不住面前食物的誘惑，成熟契魂的味道對它們來說太過誘人。

它們的翅膀又發出嗡嗡振響，不由分說直接鎖定了現場契魂最爲強大的目標。

凌霄！

早就預料到自己會被污穢忽視的毛茅揚起鋒利笑容，二話不說搶先動手。他撿起了地上的蘋果，使上全力狠狠拋擲出去。

蘋果在空中劃出一條拋物線，然後砸上一隻污穢的複眼。

就算那蘋果對污穢再怎麼微小，可就像人的眼睛沾上了沙粒都會覺得痛，那顆蘋果帶來的效果也是一樣。

被偷襲的那隻污穢果然霍然轉移了目光。

沒有黑琅在身邊，毛茅果斷召出自己的仿生契靈，長劍剛握手中，就聞旁邊惱火的叫喊。

「用什麼破仿生契靈，用我啊！」金盞跺著腳，雪白的臉頰都染上了氣惱的緋色。

這話說得沒頭沒尾，毛茅眼中卻是閃過恍然大悟，「那妳等我的指示喔。」

「什麼，還要等你？」金盞的眉毛像要挑飛起來。

「金盞，我說過什麼了？」凌霄的警告隨之而來。

「要保護哥哥，要保護哥哥，要保護哥哥。」金盞似乎很喜歡一句話要叨唸三次，「天大地大哥哥最大，凌霄你眞的好變態，非要逼人去當一個兄控才行。」

毛茅決定裝作沒聽到，長劍型態的仿生契靈從他手中脫出，像疾速劃過天幕的一束流星，對準的赫然是污穢的其中一隻燃著白火的眼睛。

污穢本能地想要躲閃，卻沒想到擲出長劍的毛茅要的就是它挪動身軀的空隙。

「金盞！」毛茅高聲大喊，矮小的個子像支利箭衝出。

令人難以置信的場景出現了。

要不是雙手被反綁在身後，杜伏苓和姜連翹都想揉一揉眼睛，好確認自己眼前所見不是錯覺。

黑髮雪膚的少女竟瓦解了形體，成爲一縷輕飄飄的黑霧。黑霧眨眼間又纏繞上毛茅的雙手，在他掌間凝聚出實體，成為一對沉沉的金耀大錘。

錘形似瓜，金銅色的表面折閃流光，金屬長柄雕飾著奢華的紋路，上面還有碎光閃動，有如鑲嵌了星星在其中。

毛茅身形快如雷電，一揚錘就是猛力朝著污穢痛扁下去，淋漓盡致地詮釋了何謂暴力。

杜伏苓他們看得心頭震盪不已，他們以為比自己弱上太多的實習生，居然深藏不露。

斷了一隻腳的污穢被激起了怒焰，它的翅膀再次迅猛振動，想要飛離地面，用自己剩餘的五隻腳抓住那個矮小卻又靈敏得過分的身影。

但毛茅豈會讓它有機會飛上天。

黑鞭不在手邊，他無法借勢跟著追上去，所以最好的辦法，就是將敵人死死留在地面！

毛茅露出野性的笑容，兩支金錘脫出他的掌握，旋舞著衝向了污穢的前端翅膀。兩片如鏤空金屬雕成的翅膀立刻被砸出了兩個大洞，連帶地也讓污穢驟失平穩飛行的能力。

砸穿翅膀的金錘回到了毛茅手上，他在眨眼間逼至污穢前方，沉重的武氣凶氣四溢，帶著勢如破竹的氣勢，直接重砸上污穢的一隻腳。

令人想到長竹子的步足當下發出讓人牙酸的脆響。

很快地，污穢就連基本的平衡都保持不了。

污穢的另一邊前肢同樣被砸斷，發出「卡嚓」脆響，就像長竹應聲折斷。

一轉眼就成了長短腳的污穢站不穩身子，只能往前撲倒。

毛茅再往前飛奔，金錘對準的是將污穢腹部高高撐起的後肢。

寒光驟閃，本來還高抬著腹部的污穢頓地往下沉，它剩下的腳也被砸斷了。

短時間內就被剝奪行動力的污穢，甚至連暴起反擊的機會都沒有。它的口器無力張闔，本該能輕易啖咬血肉的利齒被捅進的金錘打碎，就連柔軟的口腔內部都被敲得稀巴爛。

污穢被打得只剩下一口氣。

可更恐怖的還是凌霄。

凌霄的速度和武力都比毛茅還要高出一大截。

當紫髮男孩還在提著錘子給予污穢一頓砸的時候，凌霄的薙刀已讓他的獵物體會到什麼叫一刀，兩斷。

斷的是污穢碩大的軀體。

從頭到胸腹，眞的是沒有絲毫偏差地被分成了均勻又對稱的兩半。

凌霄冰冷的視線投向最後一隻毫髮無傷的獵物。

那隻呑食掉兩名同伴的污穢瞬間產生了異變，它體型暴脹，比起原本還要整整大上兩倍。甚至連體表的顏色都改變了，成爲讓人喘不過氣的闃黑。

黑色的巨型污穢一拍動翅膀，旁邊的圍牆登時被削掉一半，黃色石塊崩塌了下來。

它發出尖高的鳴叫聲，驀然從口器裡噴出了凶猛的火焰。

火焰如火柱，直直衝向了凌霄的方向。

凌霄不退反進，他提著薙刀，速度快如鬼魅，隨即薙刀高舉，竟是硬生生將猛烈的火焰一刀劈開。

杜伏苓和姜連翹看傻了眼，似乎連怎麼眨動眼睛也暫時忘記。

解決完自己這邊的污穢，毛茅回過頭，頓時驚喊，「爸爸！」

通體闃黑的污穢在火焰攻擊失效後，忽地凌空飛起，長長的腹部垂下，尾尖在地面一下一下地點動。

就好像普通的蜻蜓點水一般。

然而蜻蜓點水是為了產卵，眼前的龐大污穢竟然也是從它的尾尖產出一顆顆半透明物體。

一、二、三、四、五，總共有五個半透明物體。

隨即那層半透明的膜從內部被撕扯開，出現在眾人視線中的，赫然是五隻難以具體形容的怪物。

它們的身形約成年人那麼高，頭部如蜻蜓，複眼巨大，底下的身軀卻又有幾分似人，身體兩側則是長著剛硬粗毛的各三隻昆蟲腳，看起來駭人萬分。

「這可真是，醜到翻了……」毛茅喃喃地說，感覺視覺上受了不只一百點的傷害。

「毛茅，別看那些醜東西。」凌霄說，「爸爸處理就好。」

他的句子還留在半空徘徊，人已經不在原地。

最靠近凌霄的小怪物還沒反應過來，身體已往不同方向倒下。

一刀，劈成兩半。

第二刀，一樣是兩半。

凌霄就像一條快得讓人捕捉不住的閃電，凡是薙刀所經之處，皆留下被斬成兩半的小怪物軀體。

偏偏他的每一刀還格外精準，一擊必中核心，使得那些小怪物頃刻間又成了花葉形狀的結晶體。

五刀之後，凌霄的薙刀直指僅存的黑色污穢。

杜伏苓和姜連翹頭一次感受到恐怖。

他們從來不知道，居然有除穢者的力量可以恐怖到這種程度。

黑色污穢的翅膀振動得飛快，隨後就像一顆威力十足的炮彈，疾衝向凌霄的方向。

卻是猛然落了一個空。

凌霄藉著旁邊的圍牆和建築物，幾個踏點，身影已高高拔至空中。

下一剎那，有如一彎冷月的薙刀自上揮劈而下——

斬掉了污穢的腦袋。

等同於心臟的核心從切面暴露了出來。

薙刀在凌霄手上翻轉了一圈，刀尖如同疾雷般撞上了核心，將之擊得粉碎。

污穢，全數殲滅。

杜伏苓和姜連翹一個激靈，終於回過神來。他們冷汗涔涔，後背都被淌濕大半。他們意識到自己必須趕緊逃，不能坐以待斃。只要能成功逃跑，到時候一概不認帳就好了，反正那些傢伙根本沒實質證據。他們在眾人瞧不見的角度下，拚命設法解開手上的桎梏。只有解開了手上的，才有辦法再解開腳上的。

意念操控下，杜伏苓讓自己的契靈縮小尺寸，如同一把小匕首，終於割開雙手間的束縛。可他們才剛站起來，說時遲、那時快，兩顆銀白色子彈迅若疾雷地撕開夜色，自天邊一角竄下，在杜伏苓和姜連翹身前炸開了兩個窟窿，連帶也震住了他們欲逃的腳步。

「逃什麼逃呢？」挑染著白色劉海的紫髮少年不知從哪邊出現，他蹲踞在牆頭上，手裡提晃著一把亮白短槍。

「要是讓你們逃了，雇主先生會扒了我們的皮。說話的換成挑染黑色劉海的紫髮少年。他和他的兄弟各踞一方，手裡同樣持著白色短槍，「半夜被電話吵醒，你們知道有多痛苦嗎？」

「最痛苦的是還不能不接起電話，不外出上工，否則這個月的獎金全部扣光光，就連薪水也得被打個七折。」

「而這些，通通是你們害的。」

無端被指責的杜伏苓和姜連翹只覺這兩人是神經病，可也看得出對方來者不善，明顯是凌霄那方的。他們對視一眼，當機立斷就要往另一邊跑。

但他們才剛跑出幾步，膝窩處猛地傳來一股疼痛，逼得他們不穩地跌跪在地。還沒等他們爬起，無聲無息抵上頸項的冰涼，成功扼阻了他們的行動。

他們僵著身體，寒氣從腳底板竄上腦門，只要稍微低下頭，就能瞧見一把柴刀橫架在他們脖子前，金屬特有的寒氣沿著皮膚鑽進了他們體內。

而柴刀的主人，是時玥雪。

「剛才就應該乖乖抱頭跪下。」項冬打了一個呵欠，吹吹還冒著硝煙的槍口，那裡前一刻才射出了不帶任何殺傷力的偷襲子彈，「你們看，現在不還是一樣要跪嗎？」

毛茅靈巧落地，視線掃過項冬、項溪還有時玥雪，然後不意外地見到時衛的身影。

「晚安啊，社長。」他打了個招呼。

「這時候不該是小朋友的上床時間了嗎？」時衛必須說，他對毛茅出現在這地方絲毫不感到意外。

總覺得哪邊有熱鬧和騷動，就哪邊能看到這個小不點。

「放假嘛，晚睡很正常的。」毛茅笑嘻嘻地說，「倒是社長你們怎麼會……不過你們真的來得超級及時的！」

「我賭你肯定沒帶手機在身上。」時衛說。

「咦？哎？」毛茅下意識往身上一摸，無辜地笑笑，「還眞的沒有耶。是爸爸說有人跟他回報了又霜的消息，說又霜忽然一個人跑出來，還跑到沒有人的地方。爲了安全起見，我們就趕緊追出來了，然後就碰到他們，還有污穢跟污穢囉。」

時衛知道毛茅說的「他們」，指的自然是櫻草除污社的杜伏苓和姜連翹，「『有人』是誰？」

毛茅鬆開了手，金錘沒有掉落在地，反而變成了人形。

只不過不同於剛才的少女形象，這回進入眾人視野內的是一名稚嫩的小女孩。

皮膚雪白無瑕，頭髮和眼睛漆黑如烏木，小嘴嫣紅，臉頰處還鼓鼓的，讓小臉蛋看起來偏圓，頭上綁了一個大大的紅色蝴蝶結。

時衛他們迅速反應過來，「眞仿生契靈!?」

再結合凌霄之前在協會擔任的職位，金盞的存在似乎就不足爲奇了。

眞仿生契靈？杜伏苓和姜連翹面露愕然，他們聽說過，但一直以爲只是傳聞中的東西，沒想到居然眞的存在。

但是……她先前的人形不是一名少女嗎？爲什麼又變成小孩子了!?

「你說的『有人』就是她？」時衛的反應很快。

「對的。」毛茅輕快地說，「她叫金盞，還是我妹妹呢。」

「妹、妹妹？」蹲在牆上的項冬險些滑了下來。

爲免自己發生類似的慘劇，項溪乾脆先跳了下來，「雇主先生你和誰生的嗎？」

「我可以把你的腦子拿出來洗一洗，再替你塞回去。」這是凌霄的回答。

潛含意就是你問的是什麼蠢問題。

「蠢弟弟。」項冬鄙夷，也從牆上跳下，不忘和愚蠢的兄弟保持距離，免得傳染到對方的笨。

「你才蠢。」項溪反唇相譏，但也沒忘記正事，他謹慎地再問道：「所以……妹妹也是我們以後的保護對象嗎？要加錢才行的。」

金盞比凌霄還要快一步開口，「閉嘴吧渣渣，我那麼強，一錘就打扁你們了，哪還用得著你們保護？我是要來保護哥哥，免得他吃飯噎到，喝水嗆到，走路絆到。」

項冬、項溪大驚。搞半天，原來這位是要搶他們工作的！

「我反對！」

「我拒絕！」

「反對跟拒絕無效。」凌霄說，「你們的工作照做，她的跟你們的不衝突。」

聽見自己工作還保得住，項冬和項溪馬上心滿意足地閉上嘴巴。

「所以，你現在有了妹妹？還是個眞仿生契靈的妹妹？」時衛也是頭一回聽見這個消息，眼裡染著訝異。

「咦？我沒在群組說過嗎？」毛茅撓了撓頭髮，「……好吧，看樣子我是忘記了。那我剛有跟你們說她也是白雪公主了嗎？」

從時衛他們的表情來看，毛茅知道沒有。

「既然是毛茅的妹妹，我們可以晚點再來討論白雪公主的事。」時玥雪對金盞露出了善意溫柔的微笑，視線再往下，看著被她柴刀壓制的杜伏苓和姜連翹，登時轉爲冷漠，「先處理另一件事如何？」

時衛總算將注意力放到了仍被柴刀抵著脖子的兩人，他微抬下巴，矜慢地說，「你們想去哪邊啊，櫻草除污社的兩位？或者，我該稱你們爲魔鏡女孩？」

「呵。」杜伏苓扯開嘲弄的笑容，「你憑什麼說我們是魔鏡女孩？我們只是想打倒污穢，並且不小心把眞仿生契靈誤會成魔女而已。反正眞仿生契靈也不會死，何必那麼大驚小怪。」

「嚴格說起來，我們並沒有犯什麼錯。」剛才到現在的一段時間，也足夠讓姜連翹從連串的驚愕中緩過來，她神色鎮靜地說，眼裡隱隱還有挑釁之意，「就像伏苓說的，我們只是察覺到污穢的波動才趕來這裡，誰知道會碰上一個沒事假裝成魔女的眞仿生契靈。」

「奇怪的是那個眞仿生契靈吧，她居然會想冒充魔女？像這種腦子有病的契靈，根本就應該要早點銷毀！」杜伏苓振振有詞地說。

「你說誰腦子有病？」金盞嗓音尖銳，「信不信我錘爆你的腦袋！」

「金盞。」凌霄只是吐出兩個字，就讓怒火沖天的小女孩心不甘、情不願地閉上了嘴巴。

她跺了跺腳，又像不解氣地想要去踢凌霄的小腿，然而對方金瞳淡淡一瞥來，她登時沒了勇氣，只好鼓著腮幫子生起悶氣。

「這樣好了，不如你們來告訴我，你們三更半夜跑到別人家去，還在人家窗戶上寫字是爲了什麼？總不會是晚上睡不著，想要發洩精力？」時衛彎下身，將捲成圓筒的紙往杜伏苓臉上拍了拍。

不待杜伏苓張口，時衛就將自己帶來的一疊紙扔在了他和姜連翹腳下。

杜伏苓和姜連翹的雙眼猛地瞪大，慌亂閃過他們的眉眼。

紙上是列印出來的照片，一張張照片將兩條在夜間入侵至某棟大樓外邊陽台的人影拍得一清二楚。

有幾張甚至還拍到了小半張臉。

縱使兩人戴著口罩，只露出眉眼，杜伏苓和姜連翹也不至於認不出。那對他們來說不能再更熟悉了，因爲那赫然就是——他們自己。

兩人在彼此眼中瞧見了震驚，他們壓根沒注意到周遭還有監視器。眼見自己行蹤敗露，杜伏苓臉上掠過一瞬慌亂，反射性看向了身邊的姜連翹。

「只露出了眼睛，你有什麼證據說這是我們？」姜連翹不鬆口。

「拿去比對不就得了？」時衛看向兩人的眼神像在看著傻子，「更何況誰說只有你們戴口罩的照片？你們脫下口罩的照片也有。你們肯定沒想過，那區的監視器可是比你們想像的還要多。」

「加上魔鏡女孩的網站ＩＰ也找到了。」時玥雪宛如泠泠月光的嗓音落下，握在手中的柴刀依舊穩穩架在兩人脖子前，不讓他們有任何逃脫的可能性，「網站管理員最常登入的ＩＰ同樣也被查出來。」

如果杜伏苓他們有膽子抬頭向後看，就會發現時玥雪的語氣雖然冷若冰霜，但表情其實帶著一絲不自信。她不確定自己背出的資料對不對，她對這些都還不甚了解。

「你們怎麼可能那麼快就找到？」聽到這裡，就連姜連翹也難以維持冷靜。

「找電信警察啊。」時衛看他們的眼神已經變成了「可以帶點腦子嗎」。

「你們這是濫用權利！」杜伏苓大喊。

「錯，這叫使用特權。」時衛漫不經心地說，「當然，還有一種更簡單粗暴的證據。」

時衛倏地伸手在杜伏苓和姜連翹身上找出了手機，見兩人神情震驚，似乎難以置信他會對他們搜身，他輕彈了下舌頭。

「你們那什麼表情，我來動手是我虧了好嗎？」

兩支手機都設了指紋鎖，但既然手機主人就在面前，那麼對時衛來說一點也算不上問題。

時衛點開了LINE，然後把姜連翹的手機展示出來。

上面的使用者名稱，是「魔鏡女孩」。

時衛還在那個帳號的好友中找到了林又霜的名字，上面有則尚未發出去的指令。

割腕，讓血流三分鐘再

時衛臉色真正地沉了下來，「你們腦子是真的有洞是嗎？是想逼人去死嗎？這才是真正的最終挑戰吧？你們創造出『魔鏡女孩的挑戰』這個遊戲，到底是為了什麼？」

「我們高興，你管得著嗎？」或許是關鍵性的證據都被揭露了，杜伏苓也破罐子破摔，決定跟他們死磕到底，「我們什麼都不會說，有辦法你撬開我們的嘴巴！」

「那就撬吧，省得多浪費時間。」凌霄拿起手機。

「喂喂，凌部長。不對，應該是前部長，你該不會是想找石老師打小報告？」杜伏苓強掩不安，虛張聲勢地誇張大笑，「哇，小孩子都不做打小報告這種事了，你……」

杜伏苓準備好的嘲笑之詞在對上凌霄寒澈的金眸時，一股沉重的壓力同時落到他身上，竟是壓得他冷汗遍布，聲音一時擠不出來。

凌霄走至櫻草的兩名學生跟前。

見狀，時玥雪收回了契靈，使之重新凝成自己的手臂。

凌霄表情淡淡的，突然之間就踹倒了跪坐在地的杜伏苓和姜連翹，絲毫沒有因為對方尚是學生就有所留情。

趴跌在地上的兩人一時還有些發懵，像是還沒反應過來發生了什麼事。

手機的另一端接通了。

澤蘭還沒睡，聲音聽起來還很有精神，「凌霄前輩？」

「澤蘭。」凌霄單刀直入地說了，「借你的天賦一用，我要問事情。」

杜伏苓和姜連翹聽過「天賦」，那是一種與生俱來的才能，一種特殊力量，但他們從未聽聞過榴華除魔社的指導老師居然擁有。

「就問，杜伏苓、姜連翹，你們為什麼要創造出魔鏡女孩這個遊戲？」凌霄說，金暗的眼睛在夜間冷得像沒有溫度。

手機被按下了擴音，在場的人都能聽見澤蘭溫和的聲音傳了出來。

「杜伏苓、姜連翹，你們為什麼要創造出魔鏡女孩這個遊戲？」

被點名的兩人當下只覺心裡好笑，就連眉眼和唇角都絲毫不掩飾他們的想法，可緊接著，他們的表情僵固住了。

他們驚駭地發現到自己的嘴巴不受控地張開，舌頭蠕動，聲音從喉嚨深處被擠了出來。

「因爲操控那些人很好玩。」

「我們除穢者本來就高人一等，那些普通人爲什麼不能成爲我們的玩具？」

閉嘴閉嘴，別講別講！

杜伏苓和姜連翹目眥盡裂，恨不得能緊緊閉上嘴巴，卻管不住自己的滔滔不絕。

「看他們像聽話的人偶般隨我們操縱，還有什麼比這更好玩的？」

「他們眞的有夠蠢，任何指令都聽，我們甚至可以叫他們去死。」

「當然也有玩到一半想半途而廢的，那怎麼可以？」

就說不要講了！

「就像躺在那邊的國中生，她以爲自己能夠停止，但是能說停止的只有我們。」

「我們不允許，她就別想。」

「在她的窗戶外寫字不過是一點教訓，沒想到她竟然還想向人求助。」

不能說出來！

「正好之前去櫻草分部，從石老師他們那邊摸到了一點有趣的小東西。」

「可以讓人不知不覺地睡著，還什麼也不會感受到。割傷口就很簡單了，沒了感覺，又怎麼會知道自己手上被人割了幾刀？」

「腳也是，這對我們來說太簡單了，誰也不會發現契靈的存在。」

杜伏苓和姜連翹滿頭大汗，臉色蒼白，但那些見不得光的祕密還是一個個從嘴裡往外蹦。

「澤老師的天賦不是只能逼問出一個線索嗎？」毛茅悄聲地問時衛。

「但他們不知道啊。」時衛掏出手機，點進遊戲領了今天的登入獎勵，「有了一開始的壓迫，加上他們給自己的心理暗示，後面自然就全說了。」

「原來如此……」毛茅也想明白了之前和杜伏苓他們的偶遇，只怕不是眞的偶遇。

他們是在監視林又霜的動向。

「眞爛啊，這兩個。」項冬說。

「爛透了。」項溪說。

「小雪，都錄下來了嗎？」時衛問。

「嗯，從頭到尾都錄下了。」時玥雪出示自己的手機，「傳給凌霄先生嗎？還是要傳到『清一清』的論壇？」

「你們不能那麼做！」姜連翹尖叫。那會讓他們身敗名裂，他們再也當不了除穢者，甚至連除污社也別想待了。

「爲什麼不能？我現在可不想再聽到你們說任何一句話了。」時衛厭惡地看了杜伏苓與姜連翹一眼，拿出遺忘噴霧，對著他們的臉不客氣地噴了一通。

臉上還殘留著驚怒的兩人眼一閉，軟綿綿倒下。

「社長，還沒問完啊。」毛茅慢吞吞地提醒，「像是他們為什麼要命令挑戰者去虐殺那些小動物？」

「你要是眞的不知道，就不會拖到現在才提醒我。」時衛一針見血。

毛茅擺出了無辜的笑顏。

他的確是知道，在推敲出杜伏苓他們就是魔鏡女孩後，很多事情都很好猜了。

那天在天橋上，他們聽到了他和凌霄在講電話，聽到他說出了「白雪公主」這幾個字。

他們想要吸引魔女過來，才會決意製造出更多的餌，也就是污穢。

只是他們萬萬沒想到，魔女竟然是假的，是由眞仿生契靈所假扮的。

於是重點就轉到了金盞身上。

一雙雙眼睛全盯住了黑髮小女孩，彷彿要把她身上看出一個大洞。

「看我幹什麼？看我幹什麼？看我幹什麼？」金盞防備地瞪回去，「我都聽凌霄的要求，額外保護了那個蠢乎乎的人類小女生，否則我的工作本來只有保護哥哥。要不是我盯著她的動靜，她早就被污穢一口吞了契魂。」

時衛瞄了下路邊的林又霜，果然看見她的契魂已然成熟，怪不得會吸引污穢前來。

項冬、項溪不知道什麼時候湊到毛茅身邊，本來想暗中用手肘輕撞他一下，結果立刻收到凌厲如刃的視線。

被雇主盯住的兄弟倆瞬間成了兩隻安靜的鵪鶉，不敢再有動作，只能以眼神示意。

「學長，你們眼睛抽筋了？」毛茅困惑。

頂著壓力，項冬開口，「你問啊，小朋友，問一下你妹妹。」

「問什麼……啊！」毛茅茅塞頓開。項冬他們大概是覺得由他這個當哥哥的來問金盞跟著蹚渾水，把自己塑造成魔女形象的原因會更適合，「金盞，妳爲什麼要假裝自己是魔女？」

「還不是你們自己先提到魔女的！」金盞不服氣地說，「不然我哪會想到這個主意？」

眾人一頭霧水，不明白這個鍋怎麼換落到他們頭上。

「那一天，在咖啡店啊。你、你、妳、她……」金盞的指尖比向毛茅、時衛、時玥雪，以及還在昏迷的林又霜，「還有另一個女生，你們不是在講魔鏡女孩的事嘛，然後就提到了魔女。我就想啊，那我就假扮成魔女陪你們玩一玩，所以就把地上這個圓臉的女生當成目標，你們肯定會注意到我的存在啦。而且說到魔鏡，最先想到的是白雪公主吧？」

「是白雪公主的後母吧。」項冬說。

金盞當沒聽見。

「這樣妳也能聽到我們的談話？」時衛匪夷所思，他們當時可是在包廂內。

「契靈的耳朵可是很靈的。」金盞得意地說，「而且從頭到尾只有那個現在沒在這裡的女生注意到我。」

「慢著。」時衛打岔，「所以妳真的能變大變小？」

他記得很清楚，林靜靜那天看見的是名黑髮少女，毛茅他們見到的白雪公主也是少女，而現在站在他們面前的可是小女孩。

「那是她的力量，製造幻象。」凌霄開口，「假的。」

「你好煩、你好煩、你好煩。」金盞惱火地說，「可不可以不要一直強調假的啊，那只是我未來的模樣，我總有一天會長成那樣的！」

「別想了，契靈不會長大。」凌霄無情地大潑冷水，他是當年研發真仿生契靈的主要負責人，這話由他說出口格外有說服力。

收到諸多同情的目光，金盞又像隻氣炸的河豚，可接著她就發現到，只有毛茅的眼神充滿鼓勵。

「我相信妳一定可以的。」毛茅認真地說，他對金盞產生了共鳴感，「就像我也堅信我未來能長到一百八呢。」

這下子，包括凌霄，也向自己兒子投予了憐愛的視線。

如果黑琅此刻在場，讓他來翻譯，凌霄的意思大致就是：雖然這是個沒辦法實現的夢想，但身為家長不能打擊小孩的信心。

現場眾人態度一比，金盞對毛茅的好感度瞬時衝得比火箭還要快。

她伸手鄭重地搭上了毛茅的肩膀，「你比凌霄還好上一百倍，我承認你是我哥哥了，我會保護你。還有，你以後就是我的人了。」

「咦？」毛茅納悶。

「咦什麼咦？」金盞挺起了小胸脯，豪氣萬千地說，「我的第一次被你拿走了，要知道，連凌霄都還沒用過武器型態的我。」

「我很感動，但請恕我拒絕，我有大毛了。」

「我不管、我不管、我不管。」金盞將蠻橫不講理發揮得淋漓盡致，「不許花心！不許三心二意！不許背著我有別人！」

項冬、項溪確定自己看到時玥雪的笑容從溫婉轉成了危險，再想到回去後還有高甜在……也許烏鴉學長也得算進去？

他們對視一眼，彼此之間離家出走很久的默契又重新回來了。

一個詞高高地躍在他們眼前。

修、羅、場。

被噴了遺忘噴霧的杜伏苓和姜連翹不會記得「白雪公主」的事，他們被扔給櫻草分部處理，一併交上去的還有他們的錄音。

凌霄不在意石斛的臉色變得有多鐵青，他只是冷淡警告，「沒處理得讓我滿意，我就來你們這掀桌。」

石斛連苦笑都擠不出來，這次的事情就某個層面來說，確實太過惡性重大。

誰也沒想到會有除穢者濫用自身能力，把普通人，還是一群未成年人，把玩於掌中。

面對此次事件，櫻草分部的部長在呈報上去後，負責做了最後決斷。

撤銷姜連翹和杜伏苓的除穢者資格，以及……讓他們的契魂強行進入枯竭期。

這時候還在櫻草市的毛茅他們，自然還不會知曉日後杜伏苓和姜連翹獲得的判決。

看著得意洋洋、宣稱自己以後就是毛茅契靈的黑髮小女孩，黑琅全身的毛都炸了開來。

「朕不同意！」黑琅惡狠狠地威脅，「毛茅的契靈只有朕而已！妳這乳臭未乾的死小鬼，哪邊來的就滾回那邊去！」

「你說什麼？你這隻醜得天怒人怨的肥貓！」金盞挽高袖子，烏黑的眼睛瞪大，「不要以爲比我早出生就在那邊驕傲！」

「朕就是比妳早怎樣？」黑琅剎那間變成了人形，高大的體魄散發著強烈的脅迫感，「區區的小矮子，戰鬥力能比得上朕嗎？不能。臉能比得上朕嗎？更不能。妳說毛茅要妳這沒戰鬥力還沒臉的醜八怪契靈有什麼用？」

毛茅笑咪咪的，同時一腳快狠準地踩上了他青梅竹馬的腳，「小青，這時候最好閉嘴別說話，別火上加油啦。」

海冬青沒說話，只是用眼神來堅定陳述一個眞理——琅哥說的就是對！

「你居然敢說我是醜八怪？」金盞氣得像充氣河豚般鼓起臉，接著小女孩的身影消失，站在原地的，變成了黑髮雪膚的美麗少女，「哪裡醜了？哪裡醜了？哪裡醜了？」

黑琅冷笑，輕蔑地將她上下掃過，「全部。胸還那麼平，連發育空間都沒有了對吧？」

金盞最恨有人說她沒發育空間。

不等她跳腳，凌霄淡淡地說，「是沒有，她就是個長不大的小鬼。」

「長……長不大是指？」毛絨絨虛心求問。

黑琅嗤笑，「眞仿生契靈是不可能長大的，這模樣就是假的，小鬼頭才是她眞正模樣。」

毛絨絨只覺晴天霹靂，整隻鳥都傻在旁邊。

「我就算現在是小鬼頭，也能輕易碾壓你這隻胖貓！」金盞至今堅信自己會長大。

「來試試啊。」黑琅舔了舔唇角，眼裡閃過野蠻的光芒，「朕就讓妳認清什麼叫現實。」

「不，打岔一下。」毛茅舉起手，「要打你們倆去打，別找我。」

「毛茅！」黑琅怒喊，「這時候你不是該站在朕這邊，發揮出朕的全力，打得那個死小鬼落花流水嗎？」

「哥哥！」金盞也氣憤地嚷，「這時候你不是該站在妹妹這邊，用我將這隻臭黑貓打得哭爹喊娘嗎？」

「不要，不要，還是不要。」毛茅一連三個否定，強硬表達自己的決心，「不過我可以幫忙開回收場，讓你們在裡面打，免得波及到旁邊。」

「我現在就要把這隻貓打扁，然後拿去資源回收！」金盞十指指甲增長變利。

「要被資源回收的是妳才對啊！」黑琅的指爪同樣閃爍著危險的利光。

兩人真的不等毛茅打開回收場，直接就朝著對方撲了過去。

還沒等攻擊招呼到對方臉上，毛茅的聲音搶先一步地介入。

「爸爸，阻止他們。」

黑琅和金盞的眼再一眨，一條矯健高大的身影就閃至他們面前，雙方手腕都被一隻修長有力的大手牢牢扣住，攻勢被化解，不得動彈。

「凌霄！」黑琅和金盞異口同聲地怒吼。

「你們下次再自己去打吧。」毛茅舉起手機，「靜靜和又霜要過來了，該迎接客人上門。大毛、金盞，要有禮貌喔。」

被扣住手腕的黑琅和金盞對視一眼，冷哼一聲，各自變回了黑貓和小女孩的型態。看在毛茅的面子上，他們進行短暫的和解。

林又霜和林靜靜不久後果然前來拜訪。

林又霜的精神看起來已經完全恢復，她笑嘻嘻地向毛茅拍胸脯保證，表示自己這次來就是要大盡地主之誼，在連假最後的尾巴帶他們大玩特玩。

「櫻草本地人，對吃喝玩樂的了解絕對不是蓋的。」林又霜得意地說，「跟著我，包準你們吃好喝好！」

「好、好、好。」金盞猛烈鼓掌，保留嬰兒肥的小臉笑得開心。

自從承認毛茅是自己哥哥，主動跟著回家後，在她身上就再也看不見「叛逆期」三個字。

——面對凌霄和黑琅時，倒是展現得淋漓盡致。

金盞對於當初自己做的事也不諱言，直白承認自己就是想搞得新哥哥的假期雞飛狗跳。

凌霄隱約察覺到她在做什麼，只是扔下了警告，卻沒有出手干預。

而當時得知來龍去脈的黑琅只哼了一聲，倒也沒亮出爪子撓上凌霄的臉，用屁股想就知道怎麼回事了。

這當然不是凌霄寵女兒，而是他覺得這能讓毛茅好好地玩上一玩，給毛茅帶來娛樂。

項冬、項溪對此只有一句話——兒控真可怕。

然後他們再自然不過地打開別人家的冰箱，拿了別人家的飲料和點心出來。

今天宿舍特別熱鬧，除了林靜靜、林又霜和項冬、項溪外，時衛也被時玥雪強行帶來。美其名是要讓自己的哥哥脫離手遊一天，正好也可以蹭上出門遊玩的大部隊。

在一天歡樂的氣氛中，唯有毛絨絨是如喪考妣。

他看著金盞，感覺自己的淚水又要重新蓄集。

得知眞仿生契靈不可能繼續成長，等於金盞永遠也沒辦法變成眞正的貧乳美少女，遭到劇烈打擊的毛絨絨放聲大哭。

他的戀情還沒開始，就徹底結束了。

他才不要平胸蘿莉，把他的平平美少女還來啊啊啊！

《除魔派對．番外》完

後記

爸爸好帥、爸爸好帥、爸爸好帥！

凌霄爸爸真的有夠帥啊啊啊啊啊！

後記開始前請先讓我這麼大喊幾聲，以表達我內心的澎湃之情。

當初收到人設就已經覺得好帥了啊，收到封面則是帥到腿軟，想舔屏。

朋友更是說：這也帥得太讓人生氣了吧！

由此可見我們凌霄爸爸的美貌真的不是蓋的哈哈。

歡迎來到《除魔》番外的後記～

寫番外果然最愉快，因為該解釋的在前面都解釋完了，番外我只要放飛自我就好（誤）

本回合的魔女是誰，看封底就知道了對吧？

超級好認的那個特徵！

之前有讀者在問魔女都被消滅了，那番外就沒有魔女出現了嗎？

用事實告訴大家，我們就是有辦法再變出魔女的。

雖然是一位假魔女XD

很認眞假扮魔女的金盞有沒有讓你們萌到啊？雖然嘴巴壞——這點肯定也是學凌霄的——但她本質是個小可愛喔。

拉頁上她穿的衣服就說明了這一切，她愛她的哥哥。

說到拉頁，毛家的居家照眞的太好看了！而且毛茅他們穿的衣服上也都有寫字喔，夜風大還特地把那些字標出來。

讓你們充分感受到他們之間濃濃的愛意～～

至於被壓在凌霄腿下的陛下，那也是凌霄對他的愛呢……大概啦（喂）

這次在番外裡虛構了一個「魔鏡女孩的挑戰」的遊戲。

這遊戲會在櫻草市那麼快擴散開來，姜連翹他們抓準的就是學生之間的跟風心態，以及不想被人當成膽小鬼。

就連林又霜自己都說過，因爲身邊的人在玩，所以她忍不住也跟著玩了。在這之前，她不知道這是一個不准停下來的遊戲。

幸好在靜靜和毛茅他們的幫助下，她還是成功中止遊戲。

雖然這句話可能有點說教意味，但是來路不明的遊戲千萬不要去玩啊～更不要因爲有趣或酷，就傷害自己的身體！

這時我們可以多學靜靜，享受美食！八卦！還有打遊戲養美男！或是養美少女也可以XD

《除魔》系列到此就告一段落了。

下一本預計要和你們見面的，就是我們一年一度的《神使劇場》了！

一〇一寢的三美男要出場啦，請給他們熱烈的掌聲和讚美。

新作品也已經在規劃中，應該不會花太久時間就會跟你們見面。

我們先在下一次的《神使劇場》裡見了～

醉琉璃

除魔派對熱鬧感想播滾區QR Code
歡迎大家上來聊聊唷！

【新書預告】

神使劇場

月的朦朧路

男孩們的男人味旅遊出現意外參加者！
面對拍胸脯表示自己是女漢子的小芍音，
一刻等人無法拒絕，決定帶她一同前往。

遺世獨立的水鄉古鎮景色優美，卻籠罩詭異氛圍，
只因鎮民們世代遵守著一條禁忌──
月亮最細的夜晚，別出門。
他們說：紅燈籠，藍光紗，三更有路別遇她……

劇場第三彈

2019年漫展，預計登場！

國家圖書館出版品預行編目資料

除魔派對.番外：除魔運勢上上籤 / 醉琉璃 著.
——初版. ——台北市：魔豆文化出版：蓋亞文化發行，2019.04
面； 公分.（Fresh；FS168）
ISBN 978-986-97524-0-4（平裝）
857.7 108004667

番外 除魔運勢上上籤

作　　者 醉琉璃
插　　畫 夜風
封面設計 莊謹銘
主　　編 黃致雲
總 編 輯 沈育如
發 行 人 陳常智
出 版 社 魔豆文化有限公司
發　　行 蓋亞文化有限公司
地址：台北市103承德路二段75巷35號1樓
電話：02-2558-5438　傳真：02-2558-5439
電子信箱：gaea@gaeabooks.com.tw
投稿信箱：editor@gaeabooks.com.tw
郵撥帳號 19769541 戶名：蓋亞文化有限公司
法律顧問 宇達經貿法律事務所
總 經 銷 聯合發行股份有限公司
地址：新北市新店區寶橋路二三五巷六弄六號二樓
電話：02-2917-8022　傳真：02-2915-6275
港澳地區 一代匯集
地址：九龍旺角塘尾道64號龍駒企業大廈10樓B&D室
電話：+852-2783-8102　傳真：+852-2396-0050
初版一刷 2019年 4月
定　　價 新台幣 220 元
Published and printed in Taiwan

ISBN 978-986-97524-0-4

魔豆

魔豆